文言文閱讀素養

(古今對照版)

從寓言故事開始

（隨書附贈120題文言文閱讀素養測驗）

高詩佳——著

作者序

文言文，就是應該這麼讀！

什麼是創意思考？

創意思考，是成功的人經常運用到的思維方式，我們的生活中，無處不是經由創意思考創造的亮點，比如桌上的「便利貼」，就是透過逆向思考而來的創意。

時光跳到一九六八年，當時 3M 公司的史賓塞．西爾佛博士（Spencer Silver），想研發全世界最強力的黏膠，卻意外的開發出黏性不強的黏膠，這個被當成「失敗的」實驗品就被放到倉庫裡，乏人問津。直到一九七七年，才被另一位研發人員亞特．福萊（Art Fry）重新發掘。

福萊運用聯想力，思考該如何用這種「有點黏又不太黏的黏膠」，來解決生活上的問題？他想到，如果能將黏膠用在書籤上，就可以解決書籤常常掉出書本的困擾，後來又將黏膠塗在記事的便條紙上，成為「便利貼」。沒想到掀起熱潮，讓 3M 公司賺進大把鈔票，這是在生活中運用逆向思考的成功例子。

聯想、逆向思考等創意思考法，可以幫助我們刺激新的想法，讓問題起死回生，創造更大的價值，運用在閱讀和寫作上，也能夠幫助我們建立新的觀點。如果能夠跳出習慣的框架，用顛覆傳統的角度，去探索每一個故事、每一篇文章，我們就能擁有與眾不同的觀點。

該怎麼有創意的閱讀文言文？

你還停留在「原文、作者、查閱注釋」的傳統方式，來閱讀文言文嗎？這樣的讀法，是把文言文一句、一句分割開來，一邊對照注釋，一邊學習字詞用法，但這是最枯燥無味的閱讀方式！真正有趣的讀法，應該是運用創意思考的技巧，先理解每一篇文言文裡的故事和寓意，之後回到字詞義的學習，就相當容易了。

什麼是創意思考？一般的思考方式好比火車的車廂，一個挨著一個，有順序的連接著，每個想法都是從前一個想法而來，比如說看到月亮只能想到月餅、中秋節、烤肉等等，看到巧克力只能想到情人節、結婚、生小孩，無法跳脫出來。

這種慣性的思考，猶如透過一條細長的水管看世界，視野狹窄，看問題的角度和範圍都受到限制，靈活性不足，不容易產生新的想法。但是創意思考，則像個膽大而沒有顧忌的孩子，破壞了傳統刻板的觀念，卻創造出新穎的觀點。讓我們讀一讀以下的經典故事：

木匠帶著徒弟經過一棵巨大的櫟樹，徒弟對樹木之大嘖嘖稱奇，路人也好奇的圍觀，只有木匠瞄了一眼，掉頭就走。徒弟看完樹後，追上師父問說：「徒兒生平沒見過這麼高大華美的樹木，師父怎麼不看就走了呢？」木匠說：「這棵樹沒什麼用，做船會沉，做棺材會爛，做器具會碎散，做門窗會流出樹汁，做柱子會長蟲啊！」到了晚上，木匠夢見這棵大樹對他說：「你怎麼說我沒用呢？假如我像你說的那麼有

用，不是早就被人類砍了？」

這故事出自《莊子》的寓言——「不材之木」。如果我們很膚淺的讀，就只能理解到「不好的木材無法雕成好的作品」、「經驗不一定絕對正確」等道理。不過，如果用逆向思考來讀，就會更深刻了。

當別人以「無用」的理由嫌棄樹木時，莊子卻告訴我們：「無用之用，方為大用。」一般人眼中的「無用」，卻正是老櫟樹的價值所在，因為沒有什麼能比保住性命更「有用」的了！莊子就是運用逆向思考，來顛覆一般的認知。

文言文，就是應該這麼讀！

閱讀文言文・練習思考！

代表傳統價值觀的題目，更適合用來練習創意思考，像是成語、故事、寓言、俗語等，平日就可以拿來自我鍛鍊。例如本書收錄的「西施病心」：

■ 一般思考是：模仿別人模仿得不到家，就會變成四不像，受到他人恥笑。

■ 創意思考是：東施能欣賞美的事物，代表她有眼光，一個人不能因此受責難。她勇於面對輿論的批評，堅持向美麗的事物學習，也可稱爲勇敢。只要東施懂得選擇適合自己的部分去模仿，就能讓自己更美。還有，恣意嘲笑別人的行爲，本身就不對了喔！

或者是像「知足常樂辨」這類題目，我們也可以創意思考一下：一般社會的價值觀都是肯定「知足常樂」，然而這是絕對的真理嗎？想一想有沒有可懷疑之處？還有沒有討論的空間？

- ■一般思考是：人要知道滿足，不做過分的要求，心情自然能常保愉快。
- ■創意思考是：倘若對不好的現狀感到不滿足，人才會有動力去改善，當自己的努力收到成功的果實後，那種愉快是無法形容的。如果一味的「知足」，很容易就會原地踏步，而無法進步成長了。

善於創意思考的人，通常是不肯輕言放棄的人，「不夠黏的黏膠」這個失敗的發明，因此能夠起死回生，作為便利貼背後的堅強支柱，風行全世界，而莊子的經典古文〈不材之木〉，闡述的也是這個道理。

經典文言文，並不是食古不化的老古董。本書為每一篇古文，創意改寫成有趣、好看的故事，透過理解故事，我們可以對古文理解得更深刻，並且讓文言文與生活密切的結合在一起，學會顛覆、學習創意，激發出新的觀點。讀者們在閱讀這本書時，不妨開始用另一種眼光看待文言文，為文言文創造更多不平凡的驚奇。

目錄

1. 橘逾淮爲枳

（春秋・晏嬰《晏子春秋》）

經典原文

晏子①將使楚。楚王聞之，謂左右曰：「晏嬰，齊之習辭②者也。今方來③，吾欲辱之，何以也④？」

左右對曰：「爲⑤其來也，臣請縛一人，過王而行。」王曰：「何爲者也？」對曰：「齊人也。」王曰：「何坐⑥？」曰：「坐盜⑦。」

晏子至，楚王賜晏子酒。酒酣⑧，吏二縛一人詣⑨王。王曰：「縛者曷爲者⑩也？」

對曰：「齊人也，坐盜。」

王視晏子曰：「齊人固⑪善盜乎？」

晏子避席對曰：「嬰聞之，橘生淮南則爲橘，生於淮北則爲枳⑫。葉徒⑬相似，其實⑭味不同。所以然者何⑮？水土異也。今民生長於齊不盜，入楚則盜，得無⑯楚之水土使民善盜耶？」

作者

晏嬰（？～前五〇〇年），字仲，後世尊為「晏子」。晏子是齊國卿相，經歷齊靈公、莊公、景公三代，以省刑薄斂、節儉著名。《晏子春秋》記載了晏嬰的言行與事蹟，成書於戰國時期，內容彙整了史料和民間傳說，有很多記載晏嬰勸君主勤政，以及愛護百姓、選賢舉能、虛心納諫的故事，表現晏嬰聰明機智的特質。

題解

本文出自《晏子春秋．內篇．雜下》。描寫晏子面對楚國君臣對他和齊國的侮辱時，所採取的機智應對，表現出從容不迫、臨危不亂與機智善辯的能力。他不畏強權的壓迫，運用智慧長自己志氣、滅對手威風，成功維護了國家的尊嚴。

注釋

①晏子：名嬰，字仲，史稱晏平仲。據說晏子的身材不高，其貌不揚。
②習辭：善於辭令，很會說話。
③方來：將要前來。
④何以也：有什麼辦法可用呢？
⑤為：於，在。
⑥何坐：犯了什麼罪？
⑦坐：干犯。坐盜：干犯竊盜罪。
⑧酒酣：飲酒盡興。酣，音ㄏㄢ。

⑨詣：音ㄧˋ，去見面。
⑩曷為者：做什麼的？曷，音ㄏㄜˊ。
⑪固：本來。
⑫枳：音ㄓˇ，果實名，又叫枸（ㄍㄡˇ）橘，味道酸苦。
⑬徒：音ㄊㄨˊ，徒然，白白的。
⑭實：果實。
⑮所以然者何：為什麼這樣？
⑯得無：莫非。

評析

淮南的橘樹移植到淮北，就成了枳樹，可知環境對事物的影響是多麼深遠啊！人也一樣，如果生活的環境改變了，思想或個性可能不知不覺受到外界的影響，從一個不偷竊的人，變成一個慣竊，這是潛移默化的可怕。

〈橘逾淮為枳〉生動的塑造了兩個人物的形象。楚王原本想藉著齊國的囚犯羞辱晏子的國家，他問晏子：「貴國的人很擅長偷竊嗎？」簡單一句話，就將楚王傲慢無禮的形象，栩栩如生的勾勒了出來。

面對楚王的無禮，晏子則採取截然相反的態度，先恭敬的起身，用合乎禮節的行為，突顯楚王的無禮，然後再說個故事，點出「楚國的環境使百姓容易偷竊」的論點，用楚王的邏輯來反擊楚王，壓倒對方的氣燄。晏子隨機應變、從容不迫的維護自己和國家的尊嚴，令人讚賞。

經典故事

那個身材矮小、窄肩膀的齊國大使晏子，奉命出使楚國，他在出發前，就知道這是件不容易辦的差事。

晏子一行人走了多時，終於來到楚國。楚王在宮殿熱情的款待晏子，賜酒喝。酒到酣處，忽然有官吏綁了一個囚犯來到殿上，手一推，那人便跪倒在地，只見他的形容憔悴，身上布滿了紫色的瘀痕。

楚王伸出手指，對著跪在地上的人揮了揮，說：「那捆著的人是幹什麼的？」語氣十分輕蔑。大殿上歌舞昇平的熱烈氣氛，頓時降到了冰點。

官吏行禮回答：「他是齊國人，在我國犯了竊盜罪。請大王發落！」

楚王轉頭，掩不住得意之色，問晏子：「貴國的人很擅長偷竊嗎？」

晏子聽了，立刻站起來抹平衣服上的皺摺，恭敬答道：「聽說橘樹長在淮河的南方是『橘』，但是越過淮河長在北方後，就變成了『枳』，它們只有葉子的形狀長得像，果實的味道卻不同，這是因爲淮河南北的環境不一樣。現在，生活在齊國的老百姓不偷竊，可是遷居到楚國就偷，難道不是受到楚國的影響，才使老百姓特別會偷竊嗎？」

經典知識

相關成語：「橘淮爲枳」、「淮橘爲枳」、「南橘北枳」。後來用「橘淮爲枳」比喻社會風氣不好，一個人換了地方就受影響變壞了。

2. 楚王好細腰

（春秋・墨翟《墨子》）

經典原文

昔者，楚靈王好士①細要②，故靈王之臣，皆以一飯爲節，脅息然後帶③，扶牆然後起。比期年④，朝⑤有黧黑⑥之色。是其故何也？君說⑦之，故臣能之也。

作者

墨子（約前四六八年～前三七六年），名翟（ㄉㄧˊ），相傳爲宋國人。創立墨家學派，主張兼愛、尙同、非攻、非樂、節用、節葬。《墨子》相傳是墨翟的弟子們所著，記載墨子的思想言行，文筆樸實、重邏輯，寓言不多，但開啓了文人創作寓言的先河。現存《墨子》五十三篇，是研究墨子和墨家學說的重要材料。

題解

本文出自《墨子・兼愛中》。楚王，指楚靈王，本名圍，是楚共王的次子。楚靈王偏愛細腰，所造章華宮，又稱「細腰宮」，但他所好的細腰是「士人」的腰，臣子們爲了討君王喜歡，就拚死節食。《晏子春秋・外篇》說：「楚靈王好細腰，其朝多餓死人。」就是指此事，諷刺了「上有所好，下必甚焉」的歪風。

注釋

①士：士大夫。
②要：音ㄧㄠ，同「腰」。
③脇息：脇，音ㄒㄧㄝˊ，屏住呼吸。帶：束緊腰帶。
④比期年：等到一年後。比，等到。期，音ㄐㄧ。
⑤朝：音ㄔㄠˊ，朝廷，君主視事聽政的地方。
⑥黧黑：黧，音ㄌㄧˊ。臉色發黑，呈現乾枯的現象。
⑦說：音ㄩㄝˋ，同「悅」，喜好。

評析

楚靈王任用大臣的標準像是在選美，只在乎臣子的腰圍細不細，而不是他們有沒有才能。君王的喜好變成壓力，臣子就會花費許多精神節食、減肥，最後傷害健康，這句「楚靈王好細腰，其朝多餓死人」，就是形容這種跟隨潮流、諂媚君王的荒謬行爲。

如果每個人都想迎合上意，那麼，那些腰身粗壯的大臣該怎麼辦？就算他們具有才華、智慧和道德感，在這場追逐細腰的競爭中，仍然注定會落敗下來。只有腰身纖細的臣子才能獲得青睞，不符合君王審美標準的人則會懷才不遇，如此只重外表、不重內涵的朝廷，很難有所作爲。

細腰，一直被當作「美」的象徵，中國從第四世紀到第六世紀的詩歌作品，就有六十六個浪漫的描述都提到「細腰」。文學上的細腰是美好、浪漫的，但如果放錯了位置，在朝廷上只選細腰而不選人才，只怕將選出許多外表光鮮亮麗，內在卻面黃肌瘦、全然無用的「庸才」了。

經典故事

他愛看婀娜多姿、細如楊柳的腰，那些苗條瘦弱的身材多賞心悅目，弱柳扶風的姿態有多美啊！只是他愛的不是女人的腰，而是男人的腰。

楚靈王喜歡臣子擁有纖細的腰身，大臣們都深怕自己腰肥體胖的模樣會失去君王的寵信，因而不敢多吃；有些人更限制自己每天只能吃一頓飯，好節制腰身。

朝廷的男人們每天起床後，在穿戴官服以前，必定先深深的吸一口氣，然後屏住呼吸，使小腹下陷，再用力的把腰帶束緊。幾番折騰以後，許多人都只能慢慢扶著牆壁站起來。

「好苦啊！」爲了投君王所好，大臣們叫苦連天，餓得頭昏眼花，站都站不直了。坐在席子上的人要站起來，非得要別人扶著不可；坐在馬車上的想站起來，也一定得按著車子借力使力才行。想吃美食，只能舔舔嘴唇忍住不吃，爲了維持細腰，他們就算餓死了也甘願。

等到一年後，滿朝的文武官員都臉色發黑，一副乾枯瘦弱的模樣了。

經典知識

相關成語：「楚宮細腰」、「楚國纖腰」、「投其所好」。比喻位高權重者的愛好如果失當，往往形成歪風，引導部屬們追逐負面的潮流。

3. 苛政猛於虎

（《禮記》）

經典原文

孔子過泰山側①，有婦人哭於墓者而哀②。夫子式③而聽之。使子路④問之，曰：「子之哭也，壹⑤似重有憂⑥者？」

而曰⑦：「然。昔者，吾舅⑧死於虎，吾夫又死焉，今吾子又死焉。」

夫子曰：「何爲不去也⑨？」

曰：「無苛政⑩。」

夫子曰：「小子⑪識⑫之，苛政猛於虎也。」

作者

《禮記》，是收錄秦、漢以前各種禮儀相關論著的選集，所收文章是孔子的學生及戰國時期儒學學者的作品，相傳由西漢戴聖所編纂。內容有關居喪、治喪、弔喪、傳達大同與小康的政治理想等等。寓言的篇數不多，但有的篇章頗具有文學價值，以精簡生動的故事來說明道理，意味雋永，耐人尋味。

題解

本文出自《禮記．檀弓下》。敘述孔子和子路經過泰山，遇到一位身世悲慘的婦女，展開了問答。由於當地的老虎吃人，婦人失去了親人，但她還不離開家鄉，是因爲外地有更殘酷的暴政，所以寧願住在當地，以至於有更多家人被老虎咬死，剩下她對著墳墓哭泣。故事深刻的揭露了苛政對人民的迫害。

注釋

①側：旁。

②哀：哀傷。

③夫子：古代稱大夫為夫子。孔子曾擔任魯國大夫。式：同「軾」，車子的橫木。這裡作動詞，古時人立而乘車，俯而憑軾以示敬意。

④子路：（前五四二年～前四八〇年），姓仲，名由，字子路、季路。魯國卞（今山東泗水）人，孔子的學生。孔子擔任魯國司寇時，子路被任命為季孫氏的家臣，後來為衛大夫孔悝（ㄎㄨㄟ）做事，在貴族的內訌（ㄏㄨㄥˋ）中被殺。

⑤壹：真是，實在。

⑥重有憂：接連有幾件傷心事。重：音ㄔㄨㄥˊ，重疊，連續。

⑦而曰：於是說。

⑧舅：丈夫的父親，公公。

⑨何為不去也：為何不離開？

⑩苛政：苛刻的政令。政府課徵的賦稅繁重，人民不堪承受。苛，音ㄎㄜ。

⑪小子：對年幼者和晚輩的稱呼。子，音ㄗˇ。

⑫識：記住、記載。

評析

這是個兩難的題目，老虎、苛政都很可怕，如果必須選擇，到底要選哪一個？老虎一連吃掉婦人家中三代的男人，是可怕的悲劇。但婦人遭遇不幸，還是不離開這個地方，究竟爲什麼？原因就是老虎住在統治者管不到的山林，這裡沒有苛政，可見在百姓的心中，苛政比猛虎還要兇險得多。

再深入去想，老虎吃人只是因爲肚子餓，如果牠先吃飽了，通常不會主動傷害人，而且老虎攻擊人，也只是殺人後才吃掉，而不會折磨人，不像人們可以自衛、戲弄或是反抗老虎，武松打虎成功了，還能夠做英雄。

可是苛政就不同了，人類社會裡的苛政不像老虎只是爲了吃飽，苛政存在的目的往往是壓榨人民的血汗與生命，並且對不屈服的人進行迫害。在現今，苛政可能化身爲稅務、貧富、階級的差異等，其規模與涵蓋的範圍比老虎的威脅還要強過百倍。想一想，那些在世界各地受到迫害的人，有多少山林能讓他們躲藏呢？

經典故事

婦人在墳墓前哭得很悲傷。她身穿喪服，手撫著墓碑，哭得肝腸寸斷，哀哀的哭聲，任何人聽了都會感到不忍。

孔子與學生們正好經過泰山，看見這情形，就問學生：「這婦人爲什麼哭得那麼悲傷？難道有什麼傷心事？」孔子立刻命車子暫停在路邊，他站起身來，將手按在車子的橫木上，要子路向婦人問個究竟。

子路走過去，彎下腰，對婦人問道：「妳哭得那麼傷心，好像眞的有很多傷心事？」

婦人啜泣道：「是的。以前我的公公被山裡的老虎咬死了，後來我丈夫也被老虎咬死了，現在，連我兒子都被老虎咬死了。這樣的不幸實在讓人難以承受啊！」說著，又悲切的哭起來了。

孔子聽了相當難受，便低頭詢問婦人：「那妳爲什麼不離開這裡？」

婦人聽到這句話，卻驚得收起了淚水，連聲音都顫抖起來，道：「這裡雖然有老虎的威脅，卻沒有殘暴的政令壓迫我們啊！」眼神充滿恐懼。

孔子直嘆氣，回頭告誡學生們：「你們記住，殘暴的政令比老虎還要兇猛可怕啊！」

經典知識

相關成語：「苛政猛於虎」、「暴政必亡」。比喻繁苛殘酷的政令，比吃人的老虎還要凶猛可怕。

4. 杞人憂天

（戰國．列禦寇《列子》）

經典原文

杞國①有人，憂天地崩墜②，身亡所寄③，廢寢食④者。又有憂彼之所憂⑤者，因往曉⑥之，曰：「天，積氣⑦耳，亡處亡氣。若屈伸⑧呼吸，終日在天中行止⑨，奈何憂崩墜乎？」

其人曰：「天果⑩積氣，日、月、星宿⑪，不當墜邪？」

曉之者曰：「日、月、星宿，亦積氣中之有光耀者，只使墜，亦不能有所中傷⑫。」

其人曰：「奈地壞何⑬？」

曉者曰：「地，積塊⑭耳，充塞四虛⑮，亡處亡塊。若躇步跐蹈⑯，終日在地上行止，奈何憂其壞？」

其人舍然⑰大喜。曉之者亦舍然大喜。

作者

列禦寇，鄭國人，生卒年不詳，可能比莊子早，與鄭繆公同時，是戰國時期道家學派的人物，

主張清靜無為，據說他在修道九年後，就能御風而行。著有《列子》八篇，每一篇都是由多個寓言故事所組成，保存了許多珍貴的民間故事、神話傳說和古代寓言，具有足以警世的意義和文學價值。

題解

本文出自《列子．天瑞》。故事敘述杞國人整天擔心天、地崩塌，患得患失，最後聽人勸告，才了解自己的煩惱都是毫無根據的憂慮和擔心。列子的本意，其實是要說明道家「順乎自然，無為而治」的道理。

注釋

①杞國：周朝的諸侯國。杞，音ㄑㄧˇ。
②崩墜：崩毀、墜落。
③亡：音ㄨˊ，無，與下文「亡處亡氣」、「亡處亡塊」的「亡」同義。身無所寄：身體沒有可寄託的地方。
④廢寢食：睡不著覺，吃不下飯。
⑤憂彼之所憂：為他的憂愁而擔心的人。之，的。憂，擔心。
⑥曉：開導。
⑦積氣：積聚的氣體。
⑧屈伸：身體四肢的活動。
⑨天中行止：在天空氣體中行動與休息。
⑩果：果真。
⑪星宿：天空的列星。宿，音ㄒㄧㄡˋ。

⑫中傷：擊中受傷。中，音ㄓㄨㄥˋ。

⑬奈何：怎麼辦？「奈地壞何」是「地壞奈何」的倒裝句。

⑭積塊：堆積的土塊。

⑮充塞：充滿。塞，音ㄙㄜˋ。四虛：四方、天地。

⑯躇步跐蹈：跨開大步跳躍。躇，音ㄔㄨˊ。跐蹈，音ㄘˇ ㄉㄠˋ。

⑰舍然：釋然、放心。舍，音ㄕㄜˇ。

評析

杞人對自然現象提出疑問、勇於探索，是很好的事，但是他竟然每天爲這些問題煩惱，甚至影響自己的生活，這就不好了。

俗語說：「世上本無事，庸人自擾之。」人對於自己無法了解和解決的問題，應該避免太早就陷入無止盡的憂愁中，而無法自拔。不如多多學習新知、瞭解事物，才能防範災難，並且進一步愛護我們生存的大自然。

杞人惶惶不可終日，在別人的開導下，又重新快樂起來，人物前後的心理變化，在作者的筆下描述得十分細膩。此外，透過另一個角色「曉者」，開導杞人遇事要多思考，分析各種事物之間的關係，便能防止片面的判斷和盲目。雖然「曉者」對天、地、星、月的解釋並不正確，但這種耐心勸導的做法，仍然值得讚賞。

經典故事

「世界末日到了！」杞國有人擔心天會崩塌、地會陷落，到時候自己沒有地方生存，他覺也睡不好，飯也吃不下，每天都過得非常痛苦。「眞的，世界末日快要到了……」他喃喃念著。

有人看見杞人這麼憂愁，不禁爲他擔心起來，就開導說：「天空只不過是一團積在一起的氣體，到處都是空氣。你平常的一舉一動、一呼一吸，都是在空氣裡活動的，怎麼還會擔心天塌下來呢？」

杞人愁眉苦臉的說：「如果天空眞的是一團氣體，那日、月、星辰不就會掉下來嗎？該怎麼辦呢？」他焦慮得抓頭髮。

開導他的人說：「日、月、星辰，只是空氣中會發光的東西，就算掉下來，也不會砸傷什麼啊！」

杞人仍然皺起眉頭，哭喪著臉：「如果地也陷下去怎麼辦？」

那人說：「地面只不過是堆積起來的土塊，土地塡滿了四面的空間，到處都是土塊啊！你邁開大步跳躍，整天走來走去，怎麼還擔心地會陷下去呢？」

聽了這些話，杞人總算放心了，又重新快樂起來，開導他的人也放心了。

經典知識

相關成語：「杞人憂天」、「庸人自擾」。比喻不必要、缺乏根據的憂慮，也用來表達憂患意識。

5. 向氏學盜

（戰國・列禦寇《列子》）

經典原文

齊之國氏大富。宋之向氏大貧①，自宋之齊請其術②。國氏告知曰：「吾善爲盜。始吾爲盜也，一年而給③，二年而足，三年大穰④。自此以往，施及州閭⑤。」

向氏大喜，喻⑥其爲盜之言，而不喻其爲盜之道⑦，遂踰垣鑿室⑧，手目所及，亡不探也⑨。未及時⑩，以贓獲罪，沒其先居之財⑪。

向氏以國氏之謬⑫己也，往而怨之。國氏曰：「若爲盜若何⑬？」向氏言其狀⑭。

國氏曰：「嘻！若失爲盜之道至此乎？今將告若矣：吾聞天有時，地有利，吾盜天地之時利，雲雨之滂潤⑮，山澤之產育，以生吾禾，殖⑯吾稼，築吾垣，建吾舍；陸盜禽獸，水盜魚鱉，亡非盜也。夫禾稼、土木、禽獸、魚鱉皆天之所生，豈吾之所有？然吾盜天而亡殃⑰；夫金玉珍寶、穀帛財貨，人之所聚，豈天之所與？若盜之而獲罪，孰怨哉⑱？」

作者

列禦寇。

題解

本文選自《列子．天瑞》。敘述宋人向氏跟齊國的國氏請教致富之法，國氏說自己善爲「盜」。向氏聽了大喜，沒有再繼續詢問和思考，就去偷盜別人的財物，最後導致牢獄之災。故事指出一般人看事物多流於表面，因而造成了錯誤。

注釋

①國氏、向氏：姓國、姓向的人。
②之：到。請：請教。術：祕訣、方法。
③給：音ㄐㄧˇ，富裕、豐足。
④穰：音ㄖㄤˊ，大豐收。
⑤施：給予。州閭：鄉里。閭，音ㄌㄩˊ。
⑥喻：明白。
⑦道：方法，道理。
⑧踰垣鑿室：翻越圍牆，在房屋的牆上打洞。垣，音ㄩㄢˊ，矮牆。鑿，音ㄗㄠˊ。
⑨亡：音ㄨˊ，無，沒有。下文「亡非盜也」同義。探：拿。
⑩未及時：沒多久。
⑪贓：以非法手段取得的財物。沒：音ㄇㄛˋ，沒收。
⑫謬：音ㄇㄧㄡˋ，欺騙。
⑬若為盜若何：你當強盜時是怎麼做的？若：你。
⑭狀：情形。

⑮滂：音ㄆㄤ，大雨的樣子。潤：滋潤。
⑯殖：栽種。
⑰殃：音ㄧㄤ，災禍。
⑱孰怨哉：要怨誰呢？是「怨孰哉」的倒裝句。孰：音ㄕㄨˊ，誰。

評析

國先生所謂的「盜」，指的是靈活運用自然資源從事生產而發家致富，是正確的方向。但向先生所理解的「盜」，卻是穿牆越戶、偷竊別人財產的那種不勞而獲的「盜」，他聽到「做盜賊」，卻不知富翁所教的是「智慧」。

國先生致富的方法確實有一套，他利用天時、地利，加上勤勞耕作，向大自然「偷」東西，這裡的「偷」是巧妙的比喻，勤勞耕作才是過程。向先生卻誤以為國氏真的做一些偷雞摸狗的勾當，他就模仿國氏，結果被捕入獄。對向先生來說，理解不勞而獲的偷竊，比起學習辛勤努力的耕作還要容易。

這篇故事同時提醒我們，要辨別清楚語言的意義，同一個「盜」字，就有不同的理解、不同的運用和涵義，天差地遠。想學習別人的經驗或學問，一定要先仔細思考，不能只停留在字面的解釋，而忽略了更重要的內涵。

經典故事

宋國的向先生當了一輩子的窮鬼，某一天決定不再忍耐，跑到齊國向富翁國先

生請教致富的方法。

國先生聽了他的問題，語出驚人的說：「我專門偷盜。只要一、兩年就能自給自足，三年就可以大豐收，以後甚至還有能力與鄉里的老百姓分享。」

向先生喜出望外，就沒再問下去了。他開始四處偷竊，比如三更半夜翻越人家的圍牆，鑿破房間的牆洞，只要是視線所及、手觸碰到的東西，無所不偷，沒多久就因爲竊盜罪而被判刑，連他自己的財產都被官府沒收了。向先生悔不當初，認爲國先生欺騙了他，非常怨恨。

國先生知道了，就去牢房見向先生，問他：「你是怎麼做賊的？」向先生就把偷竊的情況說了。

國先生聽了「嘻」一聲，失笑道：「你完全搞錯了啊！我偷的是大自然的資源，靠著雨露滋潤，用山川孕育萬物，使農作物順利成長，然後種植莊稼、築牆、蓋房屋。我在陸地努力打獵，跟大自然偷了禽獸；在水裡用心捕魚，偷了魚鱉。這些都是『偷』來的啊！所有的莊稼、土地、樹木、禽獸、魚鱉都是大自然生的，我偷天的東西就沒有災禍，但是金玉珍寶、穀物錦緞等財物，是別人的財產，你偷那些東西被判罪，怎麼能怨我呢？」

經典知識

相關成語：「向氏學盜」、「宋人學盜」、「盜亦有道」。諷刺人只看事物的表面，而不深入理解內涵。

6. 朝三暮四

（戰國．列禦寇《列子》）

經典原文

宋①有狙公②者，愛狙，養之成群，能解③狙之意，狙亦得公之心。損其家口④，充狙之欲，俄而匱焉⑤。將限其食，恐眾狙之不馴⑥於己也，先誑⑦之曰：「與若芧⑧，朝三而暮四⑨，足乎？」眾狙皆起而怒。俄而曰：「與若芧，朝四而暮三，足乎？」眾狙皆伏⑩而喜。

作者

列禦寇。

題解

本文出自《列子．黃帝》。狙公在糧食不夠的狀況下，想限制猴群的糧食，就出了點子打算「朝三暮四」，結果猴群生氣，又改成「朝四暮三」，於是皆大歡喜，但實際上果實的數量沒變，猴群卻只看表象。故事提醒我們要從現象去觀察本質，才不會被表象給欺騙。

注釋

①宋：國名，周公平定武庚之亂後，就把商的部分地區分封給微子，微子以此立宋國，建都商丘（今河南商丘）。

②狙公：養獼猴的人。狙，音ㄐㄩ，獼猴。

③解：明白、清楚。
④損其家口：指省下家中的糧食，給狙享用。損：減少。
⑤俄而：不久。匱：音ㄎㄨㄟˋ，缺少、不足。
⑥馴：音ㄒㄩㄣˊ，順服。
⑦誑：音ㄎㄨㄤˊ，說謊、欺騙。
⑧與若芧：給你們橡樹的果實。若：你、你們。芧：橡果。
⑨朝三而暮四：早上給三個果實，傍晚給四個。下文「朝四暮三」則相反。
⑩伏：伏地，表示降服。

評析

故事又見於《莊子．齊物論》。原來的意義是：無論「朝三暮四」或「朝四暮三」，實際上，猴子每天都可以得到七顆果實，數量沒有變，所以猴子的反應就顯得可笑了。狙公只是順著猴子的心理需要，去調整果實的數量，他利用猴子討厭損失的心理，讓猴子早上得到的比晚上多，就達到了取悅猴子的效果。

想一想，現今那些思想淺薄的人，總是容易被表象所迷惑，而不能探究事物的本質，不正如狙公的猴子嗎？牠們只在意早上多拿或晚上多拿，而忽略了實質的數量，最後不免被「朝三暮四」或「朝四暮三」的詐術給欺騙。

後來「朝三暮四」與「朝秦暮楚」就被混淆了。戰國時期，秦、楚兩大強國對立，有些弱小的國家在秦、楚之間的立場反覆，叫做「朝秦暮楚」。「朝三暮四」字面上與「朝秦暮楚」相似，久而久之就被套用過來，理解爲沒有原則、反覆無常的意思，這何嘗不是另一種「猴子的謬誤」？

經典故事

宋國有人靠養猴子出名，他的外號叫「狙公」。

狙公很愛猴子，在自家的庭院裡養了一大群，他懂得猴子的語言，可以跟牠們對話，猴兒們也很瞭解狙公的想法，人、猴之間相處愉快。狙公甚至節省家人的糧食，把多出來的費用拿去添購猴子的口糧，所以過沒多久，家裡的經濟狀況就越來越差了。

狙公眼看這樣下去不是辦法，迫於無奈，只好狠下心來節省開銷，打算限制猴群的飲食。但是他又擔心如果分配不當，這些小猴子不聽話，到時造反起來怎麼得了？煩了半天，終於想到一個辦法。

第二天，狙公就對猴子們說：「從明天開始，給你們橡樹的果實時，早上先給三個，晚上再給四個，這樣夠嗎？」猴子們聽了氣得吱吱亂叫，在院子裡跳來跳去，還搖晃樹枝表示抗議。

狙公連忙安撫牠們，道：「不然這樣好了，給你們吃橡樹的果實，早上先給四個，晚上再給三個，這樣夠嗎？」猴子們聽了非常高興，都乖乖的匍匐在地上表示順從了。

經典知識

相關成語：「朝三暮四」、「朝四暮三」。原意是玩弄手法欺騙人，後來比喻爲人行事經常變卦，反覆無常。

7. 鮑氏之子

（戰國．列禦寇《列子》）

經典原文

齊田氏①祖於庭②，食客③千人。中坐有獻魚雁者，田氏視之，乃歎曰：「天之於民厚④矣！殖五穀⑤，生魚鳥，以爲之用⑥。」眾客和之如響⑦。

鮑氏之子年十二，預於次⑧，進⑨曰：「不如君言。天地萬物與我並生，類也⑩。類無貴賤，徒⑪以小大智力而相制，迭相食⑫，非相爲而生之。人取可食者而食之，豈天本爲人生之？且蚊蚋噆膚⑬，虎狼食肉，非天本爲蚊蚋生人、虎狼生肉者哉！」

作者

列禦寇。

題解

本文出自《列子．說符》。鮑氏之子，指鮑家的兒子。作者透過十二歲的孩子反駁齊田氏的一番話，批判了「萬物都是上天造出來給人享用」的觀念，反映作者尊重萬物、尊重生命的態度。鮑氏之子不畏權貴、敢於表達想法的形象，正好和一群阿諛奉承的成年人對比，諷刺意味十足。

注釋

①齊田氏：春秋時期齊國的貴族，奪取了齊國的政權，戰國時期的齊國君王便是田氏。
②祖：本為古人出行時祭祀路神，引申為設宴送行。祖於庭：在庭院設宴席送行。
③食客：古時在貴族家裡寄食以討生活的謀士、賓客。
④厚：厚待、眷顧。
⑤殖：繁殖、生長。五穀：為黍、稷、麥、菽、稻等穀物。
⑥用：食用。
⑦響：回聲。和之如響：就像回聲一樣的附和他人的話。和，音ㄏㄜˋ。
⑧預於次：按次序坐在座位上，參與宴席。
⑨進：進言、說話。
⑩類也：類別不同。
⑪徒：只。
⑫迭相食：動物們交替相食。迭，音ㄉㄧㄝˊ。
⑬蚋：音ㄖㄨㄟˋ，吸食人和動物血液的昆蟲。噆：音ㄗㄢˇ，叮、咬。

評析

「人類是地球的主宰」、「人是萬物之靈」，一直是人類社會的主流價值，在這種價值觀的主導下，自然界有許多動物面臨滅絕的命運，那些人把萬物當作神或上帝爲了人類而創造、安排好的，所以不知珍惜，任意殺害。

比如故事中，齊田氏認爲魚被創造出來是爲了給人吃，鳥被創造也是給人享受用的，整個自然界被創造出來的目的，都是爲了讓人類存活。在這種以人爲主、輕賤其他生命的心態下，人們容易任意主宰萬物的生死，也容易失去對生命的尊重。

鮑家孩子是能夠獨立思考的小孩，他敢於表達，不像那些成年人爲了阿諛奉承，不分是非的附和田氏。他能平等的看待事物，認爲一切的動植物都沒有貴賤之分，萬物與人類並生，並用舉例的方法說服別人。與故事中的「大人們」相比，鮑家孩子的勇氣與智慧令人刮目相看。

經典故事

齊國的貴族田氏，在庭院裡擺下宴席爲人送行。男女僕役安靜熟練的在席間穿梭，不斷的將美味的佳餚送上桌來，參加宴飲的幕僚、賓客、謀士等食客，便有千人之多。

正熱鬧時，有人端上了魚與雁，烹調得香味四溢。田氏看了看，忽然生出感慨來：「上天多厚待我們人啊！繁殖了五穀，生育了魚鳥，供我們食用。」賓客們紛紛隨聲附和，一致表示贊同。

這時，在座一個姓鮑的十二歲小孩，忽然走上前來說道：「其實事情並非如您所說的這樣！」大家都感到驚訝。

鮑家孩子不管別人，神色自若的繼續說：「天地萬物和我們一起生存在自然界，只是類別不同而已。生物沒有高低貴賤的區別，只因爲體型大小和智力不同才交替相食，不該說某生物是爲了讓另一種生物存活才存在。人只是選擇能吃的食物，怎會是上天特地爲人類創造食物呢？好像蚊、蚋吸人的血，虎狼吃人的肉，並不能說上天創造人類給蚊蚋、虎狼當食物吃啊！」

經典故事

相關成語：「類無貴賤」、「貴賤無二」。指萬物與人類並生，只是物種不同，沒有貴賤之分。也可以指對待高貴和卑賤的人，態度都一樣。

8. 韓娥善歌

（戰國．列禦寇《列子》）

經典原文

昔韓娥東之①齊，匱糧，過雍門②，鬻歌假食③。既去④，而餘音繞梁欐⑤，三日不絕；左右以⑥其人弗去。過逆旅⑦，逆旅人辱之。韓娥因曼聲⑧哀哭，一里⑨老幼，悲愁垂涕相對，三日不食，遽⑩而追之。娥還⑪，復爲曼聲長歌。一里老幼，喜躍抃舞⑫，弗能自禁⑬，忘向⑭之悲也，乃厚賂⑮發之。故雍門之人至今善歌哭，放娥之遺聲⑯。

作者

列禦寇。

題解

本文出自《列子．湯問》。韓娥善於歌唱，有一天她經過齊國，旅費用完了，被店家趕出去，處境極爲淒苦，韓娥不得已只好在雍門賣唱，她的歌聲感動了許多人，人們便幫助她回到故鄉。故事中可見人情的冷暖及藝術的動人之處。

注釋

①之：往。
②雍門：地名。在今陝西省咸陽縣南。
③鬻歌：賣唱。鬻，音ㄩˋ。假食：討食物吃。
④既：已經。去：離開。
⑤欐：音ㄌㄧˋ，屋梁。
⑥左右以：身旁的人認為。
⑦逆旅：客棧。
⑧曼聲：拖長了聲調。
⑨一里：整個鄉里。
⑩遽：急忙。
⑪還：音ㄏㄨㄢˊ，返回。
⑫抃：音ㄅㄧㄢˋ，拍掌。抃舞：邊鼓掌、邊跳舞。
⑬禁：控制。
⑭向：以往。
⑮賂：音ㄌㄨˋ，贈送財物給人。
⑯放：音ㄈㄤˇ，模仿，依照。遺聲：餘音。

評析

韓娥是戰國時韓國的女歌手，嗓音優美，歌聲感情洋溢，具有強烈的感染力，聽到她歌聲的人

都深深的陶醉。然而韓娥十分貧困，被客棧趕了出來，無處落腳，滿心悲痛的韓娥，只好到街上將怨情唱出來，黯然離開。沒想到她的歌聲感動人心，人們欣賞她的才華，又將她請回來唱歌，令她感動萬分。

人心的冷漠與溫暖差異如此之大，我們經常只看到負面的事物，而忘記人性中還有美好的一面。受到感動的韓娥，唱起歌來更動人了，這次是洋溢著歡樂的歌聲，人們也隨著喜悅的歌聲，從憂傷中解脫出來。

偉大的藝術擁有感動人心的力量，創作者受到感動，得到靈感，再從中提煉體現於作品，是藝術的美妙之處。唯有蘊含眞情的作品，才不會有曲高和寡的問題，因爲創作者會將眞情融入於創作中，與大眾同悲歡，成爲他們忠實的代言人。

經典故事

韓娥，這個柔弱的女子，要到東方的齊國去。貧寒的她在半路上用盡了錢糧，但是這沒什麼好怕的，因爲她擁有一副好歌喉。

爲了度過難關，韓娥經過齊國的雍門時，就靠著賣唱來換取食物，離開後，她那美妙絕倫的餘音彷彿還在城門的屋梁間繚繞，馬兒不吃草了，魚兒都游出水面傾聽，凡是聽過韓娥歌聲的人都沉浸在其中，好像她從來就沒有離開過。

韓娥離開雍門走了半天，來到一家客棧投宿。店小二看她孤弱潦倒的樣子，便攔住她，說：「本店不招待窮客！」說什麼也不讓韓娥進去。店小二狗眼看人低，令韓娥傷心至極，她忍不住拖著長音痛哭不已，哭聲遠遠傳開來，使一里內的男女老幼爲之動容。悲傷的哭音感染了所有村民，他們彼此淚眼相向，愁眉不展，難過得吃不下飯。

韓娥離開客棧後，只覺得前途茫茫，不知何去何從。人們聞聲而來，知道這件事後，急忙追去挽留她。只見不遠處一個柔弱的女子緩緩而行，人們呼喚著：「請回來，再爲勞苦的我們高歌一曲吧！」村民的盛情，讓韓娥忍不住紅了眼眶。

韓娥眞的回來了，她又拖長了聲調高歌起來，這回她的歌聲中充滿喜悅，有如溫暖的春風，引得鄉里老少歡呼雀躍，無法停止鼓掌，大家忘情的沉浸在其中，藉著歌聲將過去的悲苦忘卻了。爲了感謝韓娥，村民們送她許多錢糧，讓她安心返鄉。

現今雍門的人善於唱歌表演，聽說就是韓娥的遺聲啊！

經典知識

相關成語：「餘音繞梁」、「餘音裊裊」、「天籟之音」。形容音樂美妙感人，餘味不絕、感動人心的程度。

9. 不龜手之藥

（戰國．莊周《莊子》）

經典原文

宋人有善爲不龜手之藥①者，世世以洴澼絖②爲事。客聞之，請買其方③百金。聚族④而謀曰：「我世世爲洴澼絖，不過數金；今一朝而鬻技⑤百金，請與之。」

客得之，以說⑥吳王。越有難，吳王使之將⑦。冬，與越人水戰，大敗越人，裂地而封⑧之。

能不龜手一也，或以封，或不免於洴澼絖，則所用之異也。

作者

莊子（約前三六九年～前二八六年），名周，宋國蒙（今河南商丘，一說安徽蒙城）人，是戰國時期重要的思想家、哲學家、文學家，也是道家學派的代表人物、老子思想的繼承者。著有《莊子》，又名《南華眞經》，內容包含許多寓言故事，使寓言成爲獨立的文體，對中國寓言的發展有突破性的貢獻。

題解

本文出自《莊子．逍遙遊》。莊子的朋友惠施以「大瓠（ㄏㄨˊ）之種」的例子，說自己的學問雖然很大，但是一點用也沒有。莊子卻用「不龜手之藥」的故事回應惠施，說明這些學說大有用處，只是惠施還不能領悟而已。

注釋

①不龜手之藥：可防止皮膚凍裂的藥膏。龜：音ㄐㄩㄣ，皮膚受凍裂開。
②洴澼絖：音ㄆㄧㄥˊ ㄆㄧˋ ㄎㄨㄤˋ，在水裡漂洗棉絮。漂，用水沖洗。
③方：祕方，藥方。
④聚族：召集全家。
⑤鬻：音ㄩˋ，賣。技：技術。
⑥說：音ㄕㄨㄟˋ，說服。
⑦將：音ㄐㄧㄤˋ，將領，率領軍隊。
⑧裂地而封：分一塊土地給有功的人享用。裂，分。
⑨石：音ㄉㄢˋ，量詞，計算容量的單位。公制一石等於十斗。稱為「公石」。

評析

這則寓言源自莊子與惠施的對話。莊子的好友惠施，對自己的主張不能受到重用感到不滿，發牢騷說他有一隻可以容納五石⑨的大葫蘆，但是太大了，沒有用處，只好將它砸爛。莊子笑惠施不懂運用，於是講了這個故事。

同樣的東西用在不同的地方，效果大不相同，關鍵就在於是否能夠「有創意的使用」。俗話說：

「尺有所短，寸有所長。」尺用在恰當的地方，就不會嫌短；寸用在合適的地方，也會覺得夠長。對待所有事物，都要用細膩的眼睛去觀察，探索出最大的價值，才能完美的運用它。

我們經常落入成見之中而不自覺，用刻板的印象判斷事物，總認爲事情一定要怎麼做才對，東西一定要怎麼用才正確。其實只要對事物有徹底的了解，發揮自己的想像力和創意去思考，就能夠找到巧妙的運用方法。許多發明家創造出有用的工具，那份靈感，往往就來自一念之間。

經典故事

宋國有人擅長製作護手的藥膏，可以有效的防止手部皮膚凍裂。他家世世代代都從事「洴澼絖」的工作——在水中漂洗棉絮，這是他研製藥膏的原因。有人聽說了，就奉上百金的報酬請求買他的祕方。

家族的人爲了這件事，聚集在一起商議道：「我們家世代漂洗棉絮，收入不過幾金而已。現在靠著賣祕方，立刻就可以賺進百金，不如賣給他吧！」大家都同意了。

那個人得到藥方後，立刻拿去說服吳王。他對吳王說：「此藥可以運用在戰爭時，如果遇到天寒地凍的氣候，就給士兵們擦手，士兵們就能拿穩武器了。」吳王覺得這是個好主意，於是留下他重用。

不久，越國侵犯吳國，吳王便命令他率領軍隊。到了冬天，吳軍和越軍進行水戰，由於吳軍用了護手的藥膏，皮膚不會凍裂，人人都能將手上的兵器發揮出最大的武力，把越軍打得狼狽而逃，等到吳軍凱旋回來後，吳王就賞那個人一塊土地。

藥膏是一樣的，使手不凍裂的效果也一樣，但有人靠著它得到封賞，有人卻避免不了世代漂洗棉絮的辛勞，這都是因爲各人的智慧不同啊！

經典知識

相關成語：「不龜手藥」、「妙用無窮」。比喻事物有小用與大用之分，效果如何，完全在於人們怎麼運用。

10. 西施病心

（戰國．莊周《莊子》）

經典原文

西施①病心而顰其里②，其里之醜人見而美之，歸③亦捧心而顰其里。其里之富人見之，堅④閉門而不出；貧人見之，挈⑤妻子而去走⑥。彼⑦知顰美而不知顰之所以⑧美，惜乎！

作者

莊周。

題解

本文出自《莊子．天運》。西施患有心病而皺眉，同里的醜人看見西施這樣，覺得很美，也學著捧心、皺眉，村裡的富人和窮人看見了，都紛紛躲開。醜人只知道西施皺著眉頭很美，卻不懂得她美的原因。故事諷喻人本身條件不好的話，硬要模仿，可能會弄巧成拙。

注釋

①西施：春秋越國美女，生卒年不詳，越國苧蘿（今浙江諸暨縣南）人。本為浣紗女，當時越王句踐為吳所敗，

想獻美女擾亂吳國的政治，令范蠡獻西施，吳王大悅，果然迷惑忘政，後為越國所滅。相傳西施患心痛病時會捧胸皺眉，卻更增美態。

②顰其里：在她居住的鄰里附近皺著眉頭，很痛苦的樣子。顰：音ㄆㄧㄣˊ，皺眉。

③歸：返回。

④堅：結實，強硬。

⑤挈：音ㄑㄧㄝˋ，帶著。

⑥去走：同義複詞，離開的意思。

⑦彼：指醜人。傳說其人為同里的醜女「東施」。

⑧之所以：的原因。

⑨蹙：音ㄘㄨˋ，聚攏。

評析

每個人都愛美，看見美的事物會想模仿，是人之常情，但是模仿時也要考慮自己的條件是否允許，如果不夠了解自己，不能先弄清楚別人優點的內在原因，而只在表面上模仿，就容易流於盲目硬學，反而可能出糗。

本書改寫時，將醜人改爲傳說中的「東施」。故事中運用誇飾的手法，描寫富人見了東施捧心，就「堅閉門而不出」；窮人見了，也「挈妻子而去走」，除了生動的表現東施的「醜」，同時，也從側面突顯了她忸怩作態的面目。

但如果我們試著逆向思考：東施見到別人的優點，便產生學習的欲望。從這角度看來，東施的行爲是可貴的，因爲現實中有很多人完全不願意改善自己。東施也是有行動力的人，不會將學習停留在空想的階段，願意付諸行動，她可能做得不好，周圍有許多人嘲笑她，但她依然很投入。想一想，如果願意學習，又能抵抗外界不利的聲音和阻力，這種勇氣不是很可貴嗎？

經典故事

越國的美女西施，犯了一種心口疼痛的病，每次發病時，她總會輕輕的按住胸口，微微皺著眉頭從街上走過，看起來楚楚動人。鄰里的人都讚嘆：「西施捧心眞是一幅最美麗的畫面。」

與西施同村的一個醜女，名叫東施。有一天，東施在路上巧遇西施，正好看見西施捧心的模樣，驚爲天人，覺得那樣的姿態很美，於是回去也學著捂住胸口，蹙額顰眉⑨的從街上招搖走過。然而鄉里的富人看見她這副模樣，都緊閉著大門不願出來；窮人見了，也趕快帶著妻子兒女遠遠的躲開。

東施只知道西施皺眉捧心的模樣很美，卻始終不明白爲什麼美，這眞是可惜啊！

經典知識

相關成語：「東施效顰」、「邯鄲學步」。比喻模仿別人不但不像，反而出醜。也可以當作自謙之詞，說自己本領差，學別人的長處沒有學好。

11. 埳井之蛙

（戰國．莊周《莊子》）

經典原文

子獨不聞夫埳井①之蛙乎？謂東海之鱉曰：「吾樂與②！出跳梁乎井幹之上③，入休乎缺甃之崖④；赴水則接腋持頤⑤，蹶泥則沒足滅跗⑥。還虷、蟹與科斗⑦，莫吾能若也⑧！且夫擅一壑之水⑨，而跨跱⑩埳井之樂，此亦至矣。夫子奚不時來入觀乎？」

東海之鱉，左足未入，而右膝已縶⑪矣。於是逡巡而卻⑫，告之海，曰：「夫千里之遠，不足以舉其大；千仞⑬之高，不足以極其深。禹之時⑭，十年九潦⑮，而水弗爲加益⑯；湯之時⑰，八年七旱，而崖不爲加損⑱。夫不爲頃久推移⑲，不以多少進退者⑳，此亦東海之大樂也。」

於是埳井之蛙聞之，適適然驚㉑，規規然自失也㉒。

作者

莊周。

題解

本文出自《莊子．秋水》。住在井底的小青蛙和來自東海的大鱉，各自談論自己所生活的井底和大海的情形，透過兩者的對話和比較，使讀者瞭解牠們各自的心態與想法。故事諷刺了那些見識短淺而自大的人，猶如「井底之蛙」。

注釋

①埳井：淺井。埳，音ㄎㄢˇ。
②吾樂與：我多麼快樂啊！與，音ㄩˊ，語氣詞。
③跳梁：跳躍。井幹：井上的木欄。
④休：休息。缺甃：殘破的井壁。甃，音ㄓㄡˋ。崖：音ㄧㄞˊ，邊際。
⑤接腋持頤：青蛙入水時，水到達腋下，臉可浮在水面上。頤：音ㄧˊ，下巴。
⑥蹶泥則沒足滅跗：在泥中跳躍，泥巴的深度可以淹沒腳背。蹶：音ㄐㄩㄝˊ，踩踏。跗：音ㄈㄨ，腳背。
⑦還：音ㄏㄨㄢˊ，回顧。虷：音ㄏㄢˊ，生長在井中的紅色小蟲。科斗：蝌蚪。
⑧莫吾能若：為倒裝句「莫能若吾」。沒有什麼能比得上我。
⑨擅：據有。一壑之水：一整個坑洞的水。壑，音ㄏㄨㄛˋ。
⑩跨跱：大張著腿站立。跱：音ㄓˋ，佇立。
⑪縶：音ㄓˊ，絆住。
⑫逡巡：音ㄑㄩㄣ ㄒㄩㄣˊ，向後退。卻：退。
⑬千仞：古制八尺為一仞，千仞形容非常高。
⑭禹之時：禹傳說奉舜之命治水有功，成為部落領袖。其子「啓」則建立了夏朝。
⑮潦：音ㄌㄠˋ，水災。十年九潦：指多年來雨水過多，造成經常性的水災。
⑯水弗為加益：指雖然連年水災，但水位沒有增多。加益：增多。

⑰湯之時：湯是商朝的建立者，是商族的領袖，滅掉夏桀以後建立了商朝。
⑱崖：海岸。加損：減少。
⑲不為頃久推移：不因為時間的長短，使海水的容量改變。頃久：片刻與長久。
⑳不以多少進退：不因水災、旱災等因素，使海水有所增減。
㉑適適然：憂心、恐懼的樣子。適，音 ㄊㄧˋ，同「惕」，惕惕然。
㉒規規然：失神的樣子。自失：茫然無措，若有所失。

評析

埳井之蛙與東海之鱉，是兩個對比的形象，反映了環境對牠們各自的影響。埳井蛙由於整天生活在淺井小小的舒適圈裡，養成了目光短淺、自大的性格；東海鱉則因生活在汪洋大海，造成了開闊的胸襟和廣博的見聞。

人不也是如此麼？世界是如此廣闊，知識之大無窮無盡，如果只將自己所見的小小角落，當作整個世界，把自己所知的一點點見聞，看作整個文明，久而久之就會跟淺井裡的青蛙一樣，成爲孤陋寡聞和安於現狀的人。

我們也不妨試著跳出傳統、翻轉思考：埳井之蛙待在牠的天地裡，的確有屬於自己的快樂，牠畢竟不是大鱉，對一隻小青蛙來說，生活在淺井裡就足夠了，自然不會對大海有所嚮往。埳井之蛙在屬於自己的天地裡快樂的生活，井水的深淺度正適合牠，我們爲何非得拿大鱉和青蛙比較呢？兩者各有各的世界，如果讓埳井蛙追求牠不喜歡、也不適合的大海，只是適得其反而已。也許我們在羨慕大鱉的快樂時，也應該認同埳井蛙之樂。

經典故事

你沒聽過井底那隻小青蛙的故事嗎？

住在淺井底下的青蛙，對來自東海的大鱉說道：「我是多麼快樂啊！出去玩，就在井欄上蹦蹦跳跳；回來休息時，就蹲在井壁上的窟窿裡。跳進淺水時，水位剛好在兩邊的胳肢窩下面，我的臉正好能夠浮出水面；在泥中跳躍時，泥水只淹沒腳，漫到腳背上而已。回頭看看那些孑孓、螃蟹與蝌蚪之類的小蟲的生活，誰能跟我比？而且我獨占一坑的水，張開腿站在井裡，簡直快樂極了！你爲什麼不常來這裡參觀呢？」

大鱉聽了青蛙的話，還眞想去參觀參觀，但是牠左腳還沒踏進井裡，右腿就已經被井欄給絆住了。

於是大鱉猶豫著把腿收回來，然後將大海的情形告訴青蛙：「大海眞的非常深遠，用『千里』這種字眼，都沒辦法形容它的廣闊，說『八百丈』也不能形容它的深度。古代夏禹時，十年有九年因爲雨水過多而鬧水災，可是海水沒有增加；商湯時，八年有七年鬧旱災，海岸也沒有減少。可見海水並不因爲時間的長短而使容量改變，也不因爲雨量的多少而有增減。住在大海裡，才是眞正的快樂呢！」

淺井的青蛙聽了，好像失了神似的，相當驚訝惶恐，覺得自己實在太渺小了。

經典知識

相關成語：「井底之蛙」、「埳井之蛙」、「坎井之蛙」。用來諷刺那些見識短淺又盲目自大的人。

12. 邯鄲學步

（戰國．莊周《莊子》）

經典原文

且子①獨②不聞夫③壽陵餘子④之學行於邯鄲⑤未得國能⑥與？又失其故⑦行矣，直匍匐⑧而歸耳。

作者

莊周。

題解

本文出自《莊子．秋水》。戰國時，有個燕國人到趙國都城邯鄲，見趙國人走路的姿勢很美，就跟著學，結果非但沒學好，連自己原來的走法也忘掉了，只好爬著回去。故事諷喻人倘若全盤否定自己，硬要仿效別人，不僅可能學不到別人的優點，反而會遺失自己的技藝。

注釋

①子：代名詞，你。

②獨：僅、但、唯、只。

③夫：音ㄈㄨˊ，文言文用於句中，無意義。
④壽陵：古代地名，戰國時燕邑。《史記．秦始皇本紀》中記載：「六年，韓、魏、趙、衛、楚共擊秦，取壽陵。」餘子：指少年。
⑤學行：學習走路的姿勢。邯鄲：音ㄏㄢˊ ㄉㄢ，戰國時趙國的國都。
⑥國能：該國中最絕妙的技能。
⑦故：原來的、舊有的。
⑧匍匐：音ㄆㄨˊ ㄈㄨˊ，趴在地上爬行。

評析

李白在〈古賦三十五〉詩中有四句：「東施來效顰，還家驚四鄰。壽陵失本步，笑煞邯鄲人。」指就是「東施效顰」與「邯鄲學步」的故事。燕國人努力向邯鄲人學習，我們應該給予肯定，但是他依樣畫葫蘆的硬套，就不可取了，不但沒學到別人的精髓，反而連自己的長處也遺忘了，不如不學。

其實，模仿本來就是一種學習的過程，但是在模仿時，我們必須先細心觀察別人的優點，研究邯鄲人之所以能夠走得優雅的關鍵，除了步法外，那種優雅是否和他們的神態、心境，甚至文化有關？再檢視自己的實際狀況，如果要將步伐調整成邯鄲人的那種，還需要改變什麼？仔細的觀察與分析後，才能取人之長，補己之短。如果像故事中的燕人那樣盲目學習，結果必然是徒勞無功。

不過倘若從「刻苦學習」的角度來看，燕國人的精神也應該受到肯定，雖然他的方式不對，但是至少「肯學」，比起很多不肯學習、任由自己安於現狀的人，燕國人更有改變的契機，他缺少的只是領悟訣竅的功夫而已。

經典故事

邯鄲城的人像是天生血液裡就有優雅的基因，走路特別好看，那種不疾不徐的姿態瀟灑極了。燕國有個年輕人看了心生羨慕，決定去趙國學邯鄲人走路的姿勢。他不顧家人反對，毅然帶著旅費千里迢迢的趕到邯鄲，想感染那種優雅的基因。

燕國人走在街上，看著來來往往的人們將街道當成了伸展台，各個似乎都是台上的模特兒走台步，看得他眼睛發直，不知該怎麼邁開步子，唯恐走得不好看，惹人側目。這時迎面走來一個年輕人，他走路的樣子眞好看，竟使得原本平凡的外表充滿了魅力，於是燕國人便緊跟在他後面模仿，對方邁開左腳他就邁左腳，對方邁開右腳他就邁右腳，一不小心就錯亂了左右。眼看那人越走越遠，燕國人跟不上了，只好回到原點另尋目標。很快的，他又盯上另一個人，照樣跟在後面學步，這舉動引得每個人都停下腳步觀看，摀著嘴笑。幾天下來，他累得腰酸背痛，但總是學不到邯鄲人骨子裡透出來的優雅。

燕國人想，學不好的原因應該是自己習慣舊的走法，於是他決心忘掉舊習慣，從頭開始學走路。可是過了幾個月，燕國人卻越走越難看，不但沒有學會邯鄲人的步法，連自己原來怎麼走的都忘了。他摸摸口袋，已經沒錢了，便沮喪的決定回家，可是他卻再也踏不出步伐，只好無奈的趴在地上爬回去，成爲眾人的笑柄。

經典知識

相關成語：「邯鄲學步」、「鸚鵡學舌」、「東施效顰」。比喻一味模仿，不但沒學到本事，反而把自己原來會的東西忘了。後來也可用來比喻人刻苦學習時極爲投入，而忘卻了自己。

13. 匠石運斤

（戰國・莊周《莊子》）

經典原文

郢①人堊漫②其鼻端，若蠅翼③，使匠石斲④之。匠石運斤成風，聽而斲之，盡堊⑤而鼻不傷，郢人立不失容⑥。

宋元君⑦聞之，召匠石曰：「嘗試爲寡人⑧爲之。」

匠石曰：「臣則嘗能斲之；雖然，臣之質⑨死久矣。」

作者

莊周。

題解

本文出自《莊子・徐无鬼》。郢人信任匠石，才能坦然的讓匠石做出削去鼻尖污漬的「危險動作」，所以「信任」是讓對方發揮力量的必要條件。莊子路過惠施⑩的墳墓，對人講了這則寓言，藉著這個故事表示他對惠施的哀悼之意。

注釋

①郢：音 ㄧㄥˇ，戰國時楚國的國都，今湖北江陵西北。

② 堊：音ㄜˋ，白灰。漫：塗抹。
③ 若蠅翼：像蒼蠅翅膀那樣薄。
④ 斲：音ㄓㄨㄛˊ，同「斫」，以刀斧砍削。
⑤ 盡堊：把塗抹的白灰全削去。
⑥ 不失容：面不改色。
⑦ 宋元君：春秋時期宋國的國君宋元公。
⑧ 寡人：古代國君自稱的謙詞。
⑨ 臣之質：可讓我施展本領的對象。臣：自稱「我」。質：目標，標靶。
⑩ 惠施：（約前三七〇年～前三一〇年），也稱「惠子」，是戰國時期的政治家、辯客和哲學家，也是莊子的友人。莊子的文章中，經常提到惠施的思想及兩人的對話。

評析

郢人信賴石匠人的技術，才願意讓他削去自己鼻尖上的白灰。在利斧揮動下，郢人還能面不改色，可知他對於石匠人的卓越本領，可說是堅信不疑。莊子說這個故事，不只是爲了讚美石匠人的絕技，更爲了說明擁有高超的技藝不夠，還需要有個不凡的對手互相配合，才能完美的達成任務。

故事有兩層意義，一是說明人必須勤學苦練，才能練成「運斤成風」。二是啓發我們在工作上要知人善任。俗話說：「棋逢對手，將遇良才。」又說：「知己難逢。」我們既要看到匠石運斤成風的絕技，也要注意到郢人的知人和膽識。匠石「運斤成風」固然奇特，但在鼻尖上抹粉的郢人面對斧頭仍然泰然自若，也是不容易的事，倘若沒有他的膽識，石匠人的這項表演絕對無法成功。

莊子與惠施，石匠人與郢人，彼此是對手也是知音，唯有知人至深，才能夠如此堅信不疑。因此，莊子以這個故事表達他對惠施的哀悼與推崇。

經典故事

莊子經過惠施的墓地，傷感的停下腳步，回頭對跟隨的人說了一個故事：

從前楚國的郢地有一個人，用薄如蒼蠅翅膀的白灰塗抹在鼻尖上，然後要求一位姓石的匠人拿斧頭削掉這些白灰。

石匠人揮動斧頭，就像風一樣迅速敏捷；郢人則站在原地動也不動，任憑他砍削。才兩三下而已，石匠人就把塗抹在郢人鼻尖上的白灰削乾淨了，鼻子毫髮無傷。人們站在那裡觀看，也像若無其事的模樣，面不改色，似乎對石匠人的技藝很有信心。

宋元君輾轉聽說這件事，不由得好奇心大起，就立刻召見石匠人，要求說：「請你也試著爲我表演一次吧！」

石匠人卻搖搖頭，婉拒道：「恐怕要讓您失望了。我過去能削掉鼻尖上的白灰，是因爲有個很好的搭檔，可是現在能讓我施展本領的人，已經死去很久了。即使我有好的技藝，但是缺少好的搭檔，也無法呈現精彩的表演。」

莊子說完故事後，不由得嘆了口氣，凝視惠施的墓碑，道：「自從惠施先生過世以後，我也失去能夠讓我施展本領的對象了。」

經典知識

相關成語：「匠石運斤」、「匠石斫鼻」、「惺惺相惜」。形容人的技藝超凡精湛，運用自如。

14. 涸轍之鮒

（戰國．莊周《莊子》）

經典原文

莊周家貧，故往貸粟於監河侯①。監河侯曰：「諾②！我將得邑金③，將貸④子三百金，可乎？」

莊周忿然作色⑤曰：「周昨來，有中道而呼者⑥。周顧視⑦，車轍中有鮒魚焉。周問之曰：『鮒魚來⑧！子何爲者邪⑨？』對曰：『我，東海之波臣也⑩。君豈有斗升之水，而活我哉⑪？』周曰：『諾！我且南遊吳越之王⑫，激西江之水⑬而迎子，可乎？』鮒魚忿然作色曰：『吾失我常與⑭，我無所處⑮。吾得斗升之水然活耳⑯。君乃言此，曾不如早索我於枯魚之肆⑰！』」

作者

莊周。

題解

本文出自《莊子．外物》。涸（ㄏㄜˊ）指失去水而乾枯；轍（ㄔㄜˋ）是車輪在泥地輾過留下來的淺溝；鮒（ㄈㄨˋ）指鯽魚。莊周借糧，但是監河侯卻找個無法兌現的藉口不願幫忙，莊子便講了鮒魚的故事來反擊監河侯。意在諷刺當別人有困難時，要真誠、盡力的幫助，不能只說大話。

注釋

① 粟：音ㄙㄨˋ，小米。監河侯：又作魏文侯（？～前三九六年），名斯，戰國時建立魏國，進行內政的改革，使魏國成為當時的強國。
② 諾：好，答應的意思。
③ 邑金：封地的稅收。邑，音ㄧˋ。
④ 貸：借。
⑤ 忿然作色：生氣得變了臉色。忿，音ㄈㄣˋ。
⑥ 中道而呼：在半路上呼救。
⑦ 顧視：回頭察看。
⑧ 來：當作口語的襯字，無意義。
⑨ 子何為者邪：你在做什麼呢？子：你。邪：音ㄧㄝˊ，用於句末，表示疑問或感嘆的語氣。
⑩ 波臣：水族。
⑪ 斗升之水：比喻水量很少。活我：救活我。
⑫ 遊：遊說。吳越：春秋時，吳國與越國的合稱。
⑬ 激：把水從低處趕到高處。西江之水：指蜀江，與吳越距離遙遠，不可能做到。
⑭ 吾：我。常與：經常在一起的，指水。
⑮ 我無所處：我沒有安身之地。
⑯ 然：而。耳：置於句末，相當於「矣」、「了」。
⑰ 曾不如：還不如。索：尋找。枯魚之肆：賣乾魚的市場。肆：市集貿易的地方，店鋪。

評析

莊子向富有的監河侯借糧，必定是走投無路才這麼做，但監河侯卻開了一張空頭支票，說要等拿到錢以後才能借。此時莊子雖然「忿然作色」，但他不斥責對方，反而說起寓言來反擊監河侯，說鮒魚在乾枯的車溝中處境危急，需要的只是一點點水，如果千里迢迢跑去西江取水來救魚，遠水救不了近渴，魚終究會渴死的。

故事描繪監河侯的形象，揭露了他「假大方，眞吝嗇」的面目，是對那些空口說白話的人最強而有力的反擊。此外，以莊子「忿然作色曰」與鮒魚的「忿然作色曰」兩相呼應、對照，先不直接痛斥監河侯，卻又藉著說故事，間接的透過鮒魚的對話作諷喻，既委婉、又辛辣，藝術手法高妙。

〈涸轍之鮒〉揭示出一個道理：當別人有困難時，要先衡量自己的能力，如果能力允許，就要誠心誠意的幫助對方，因爲你的善心需要行動才能實現。

經典故事

莊子窮到連吃的食物都沒了，便去向監河侯借一點米糧。

監河侯聽了莊子的情況，連連稱「是」，慨然說道：「沒問題！我將啓程去收封地的租稅，等我收到錢以後，再借給你三百兩銀子，好嗎？」

莊子不高興的變了臉色，說：「我昨天來的時候，半路聽到呼救的聲音，回頭察看，在車輛經過留下來的輪子痕跡裡，看見一條鮒魚。我問牠：『鮒魚啊！你在幹什麼呢？』鮒魚說：『我本來是東海海神的臣子，現在卻淪落在乾掉的路面。好心人，你有沒有一升半斗的水，好讓我活命呢？』我說：『沒問題！我要去南方遊說吳國、越國的君王，到時候引西江的水來救你，可以嗎？』鮒魚不高興的變了臉色，說：『我失去平常需要的水，沒有安身之地，只要得到少許的水就可以活命了，而你竟然說這些沒有誠意的話，還不如早點到賣乾魚的市場找我吧！』」

經典知識

相關成語：「涸轍之鮒」、「轍鮒之急」、「遠水救不了近渴」。比喻處於困境急待救援的人。後來諷刺表面大方，卻找藉口推托、見死不救的人。

15. 魯人徙越

（戰國·韓非《韓非子》）

經典原文

魯人①身善織屨②，妻善織縞③，而欲徙④於越。或⑤謂之曰：「子必窮矣！」魯人曰：「何也？」曰：「屨爲履之也⑥，而越人跣⑦行；縞爲冠之也⑧，而越人被髮⑨。以子之所長，游⑩於不用之國，欲使無窮，其可得乎？」

作者

韓非（約前二八〇年～前二三三年），韓國的貴族，與李斯同爲荀子的學生。有口吃，但善於著書，集合了儒、道、墨各家的思想，建立法家學說，獲得秦始皇的賞識，可惜遭到李斯的嫉妒，被陷害入獄致死。著有《韓非子》五十五篇，內容說理精密、邏輯性強，寓言頗爲豐富，象徵先秦寓言發展的成熟期。

題解

本文出自《韓非子·說林上》。善於編織麻鞋的魯人，打算到越國做生意，但當地人並不愛穿鞋。故事透過問答的方式，說明要做好一件事情前，必須先調查分析，使自己的期望和專長符合現

實的需求，以免陷入「英雄無用武之地」的困境。

注釋

①魯人：魯國人。魯國是周朝的諸侯國，在今山東，國都在曲阜（ㄑㄩ ㄈㄨˋ）縣。
②身：本身。善：擅長。屨：音ㄐㄩˋ，用葛、麻做的鞋子。
③縞：音ㄍㄠˇ，生絹（ㄐㄩㄢˋ），白色的絲織品。
④徙：音ㄒㄧˇ，遷移。
⑤或：有人。
⑥屨為屨之也：織屨是為了製作鞋子。
⑦跣：音ㄒㄧㄢˇ，光腳。
⑧縞為冠之也：織絹是為了製作帽子。冠：音ㄍㄨㄢˋ，戴帽子。動詞。
⑨被髮：被散著頭髮。被，音ㄆㄧ。
⑩游：旅居。

評析

這則寓言有兩個結局。第一個是魯人搬去越國後，只販賣麻鞋和生絹，他們果然如朋友所說變成窮人。魯人身有一技之長，卻在無用武之地的越國發展，說明人在決定任何事以前，必須經過一番調查研究，根據實際需要來採取行動，才容易成功。如果只憑一廂情願，結果必定是失敗的。

第二個結局是魯人其實是想要主導消費市場，藉著介紹新商品來吸引越國人，便可以改變越人的生活習慣，還能達到傳播的效果，這樣必能有所發展，成為富人。的確，如果魯人夫婦到了越國，認眞的了解當地人的生活習慣，就能針對這些習慣介紹越人穿鞋戴帽的好處，以此致富就不足為奇了。

另外有個類似的故事：製鞋公司的老闆派兩個業務去小島賣鞋子。幾天以後，兩人都回來了。一個說：「那裡的人都打赤腳走路，我們的鞋子沒有市場，所以我就回來了。」另一個人說：「那裡的人都光著腳，所以我們的鞋子很有市場，我回來準備帶一批貨過去賣。」如果你是老闆，你會怎麼想呢？

經典故事

魯國有人擅長編織麻鞋，他的妻子則擅長編織做帽子用的生絹，夫妻倆都有一技之長，因此想移居到越國發展。

有人知道了，就跑來對魯人說：「如果你們搬到越國，一定沒有出路！」魯人詫異的問：「為什麼呢？」

這個人熱心的說：「做鞋是爲了給人穿的啊！但是越人習慣打赤腳走路；織絹是爲了做帽子用的，給人戴在頭上，但是越人卻喜歡披頭散髮，他們恰好都不需要麻鞋和絹帽。以你們夫妻倆的技術，搬去無法發揮專長的國家居住，想要不窮困，哪能辦得到呢？」

經典知識

相關成語：「英雄無用武之地」。指人雖有才能，卻無施展的機會，這是因爲沒有事先做好調查研究，從實際出發。

16. 濫竽充數

（戰國・韓非《韓非子》）

經典原文

齊宣王①使人吹竽②，必三百人。南郭處士③請爲王吹竽，宣王說④之，廩食⑤以數百人。宣王死，湣王⑥立，好⑦一一聽之，處士逃。

作者

韓非。

題解

本文出自《韓非子・內儲說上》。濫，失眞的、造假。充，冒充的意思。南郭處士假稱自己會吹竽，齊宣王信以爲眞，讓他混雜在樂團中，冒充吹竽，騙吃騙喝，最後因爲怕單獨吹奏被齊湣王識破，只好連夜逃跑。諷喻沒有眞才實學的人，混在行家裡充數。

注釋

①齊宣王：（?～前三〇一年），戰國時齊國國君。姓田，名辟彊，齊威王之子。

②竽：音ㄩˊ，古代的一種吹奏樂器，形狀似笙而較大，原為三十六管，後減至二十三管。

③南郭：城郭南邊的外邑。處士：有才學而隱居不做官的人。
④說：音ㄩㄝˋ，同「悅」，喜悅。
⑤廩食：官府發給的糧食。廩，音ㄌㄧㄣˇ。
⑥湣王：齊湣王（？～前二八四年），齊宣王之子，戰國時齊國國君，姓田，名地。湣，音ㄇㄧㄣˇ。
⑦好：音ㄏㄠˋ，偏好。

評析

不會吹竽的南郭先生，憑著吹牛的本事，混在吹竽的隊伍裡充數，好大喜功又昏庸的齊宣王竟然不辨眞假，到死都不知眞相。幸好繼位的齊湣王明辨是非、詳查忠奸的作風，使騙子無處躲藏，南郭先生只好聞風而逃了。齊湣王和齊宣王對比，其明君的形象就被生動的勾勒出來了。

這則故事在諷刺那些冒充有本事，卻沒有眞才實學的人，也諷刺了昏聵不明的君王。須知，弄虛作假禁不住時間的考驗，總有一天會露出馬腳，如果不能充實能力，而像南郭先生那樣靠矇騙混飯吃，在他人還不了解眞相時，或許能騙得了一時，但終究逃不過時間的檢驗，被揭穿虛假不實的僞裝。

另一種有趣的思考，南郭先生其實也有他的本事，在高手如雲的皇家樂隊中冒充而不被識破，必有過人的僞裝術；他能看透齊宣王的昏庸，針對喜好，大膽毛遂自薦，是高明的心理運用。然而騙術終有被揭穿的一天，人倘若想要成功，唯一的辦法還是勤學努力，練就眞本領，才能面對現實的考驗。

經典故事

齊宣王愛聽音樂，也喜歡熱鬧，每次聽人吹竽，必定叫來三百個人一起合奏，享受規模盛大的演出。

城南有個隱士南郭先生聽說齊宣王的愛好，就毛遂自薦，請求為齊宣王吹竽。他說：「大王啊！聽過我吹竽的人沒有不被我感動的，我願把絕技呈獻給大王！」齊宣王很高興，就直接將他編進三百人的吹竽隊中。從此以後，演技很好的南郭先生就混雜在人群中假裝吹竽，天天享受官府所供給的山珍海味。

過了幾年後，齊宣王死了，由兒子齊湣王繼位。齊湣王也和父親同樣愛聽人吹竽，可是他認為合奏的聲音實在太吵了，不如一人獨奏來得悠揚動聽，於是發布了一道命令，要求樂師們一個個輪流來吹竽給他欣賞。樂師們非常興奮，人人都希望藉著獨奏表演，以得到君王的賞識。

然而當天夜裡，南郭先生就悄悄的收拾行李逃走了。

經典知識

相關成語：「濫竽充數」、「魚目混珠」、「名不副實」。比喻沒有眞才實學的人，混在行家中充數；有時也用於自謙之詞，說自己技藝不好，只能濫竽充數。

17. 買櫝還珠

（戰國・韓非《韓非子》）

經典原文

楚人有賣其珠於鄭①者，爲木蘭之櫃②，熏以桂椒③，綴④以珠玉，飾以玫瑰⑤，輯以翡翠⑥，鄭人買其櫝而還其珠。

此可謂善賣櫝⑦矣，未可謂善鬻⑧珠也。

作者

韓非。

題解

本文出自《韓非子・外儲說左上》。楚國人賣珠寶，用裝飾華麗的盒子烘托，鄭國人想買珠寶，卻只留下漂亮的盒子，而不要眞正價值高的珠寶。作者藉故事諷刺那些沒有眼光和取捨不當的人，並提醒我們不能只看表面，而要重視內容。

注釋

① 鄭：周代的諸侯國，在今河南鄭州。

②木蘭：木名，木質細緻，質料堅固、美觀。櫝：匣子，盒子。
③熏：用香料塗。桂椒：香料名，牡桂和花椒。
④綴：音ㄓㄨㄟˋ，點綴。以：用。
⑤玫瑰：一種赤色的美石。
⑥輯：縫邊的意思，這裡指用翡翠在匣子上縫邊。翡翠：硬玉中含鉻（ㄍㄜˋ）而呈翠綠色者。光澤如脂，半透明，可作為珍貴飾品。
⑦善：擅長。櫝：音ㄉㄨˊ，匣子。
⑧鬻：音ㄩˋ，賣。

評析

故事中的客人只盯著華麗的盒子看，卻不要眞正有價值的明珠，是因爲他對明珠缺乏辨識能力，所以將焦點轉移到金光燦爛的珠寶盒了。我們平日就要培養鑑賞力和明辨是非的能力，否則就會像「買櫝還珠」的客人，做出捨本逐末的事。

另一方面，商人將商品過分的包裝，使外表裝飾的價值高於明珠的價值，也使得應該販賣的商品被拉走了焦點。有些商人爲了獲得利益，會故意過度包裝，包裝的成本被算在客人的帳上，便會反映在商品的價格上。賣珠的商人爲了讓明珠更値錢，用華麗的包裝突顯商品，正是行銷常用的手法。

不論在創作上或生活上，我們經常看見這種只重形式、不問內容的情況發生，比如「以貌取人」、「追逐潮流」。這則寓言就是針對這類過分追求形式華美，掩蓋了內容，甚至扭曲事實的現象，提出諷喻，在現代仍具有引人深思的意義。

經典故事

楚國有個商人到鄭國賣珠寶，他爲了抬高價錢，也爲了吸引顧客的注意，就用珍貴的木蘭爲珠寶製作了一個匣子，質料細膩而堅固，顏色相當美觀。他又在匣子上薰染了牡桂和花椒的香氣，再用名貴的珠玉來點綴它，又拿玫瑰色的美玉鑲在上面，而閃耀著絲緞般光澤的翡翠，就鑲在匣子外邊，讓人不注意也難。

商人選了一個熱鬧的地方，把珠寶裝在華麗的匣子裡，將它展示出來販賣，果然四周很快就圍滿了觀看的人潮，他以爲立刻就能將珠寶賣出，然而每個人詢問的都是那只匣子的價錢。終於，有個客人向商人表示他願意出高價購買，但是他只要買匣子，而不要珠寶，把珠寶退回給商人了。

只能說這個商人是擅長賣匣子，但不善於賣珠寶啊！

經典知識

相關成語：「買櫝還珠」、「得匣還珠」。比喻那種捨本逐末、取捨失當，只重外表、不重實質的人。

18. 自相矛盾

（戰國・韓非《韓非子》）

經典原文

楚人有鬻盾與矛者①，譽②之曰：「吾盾之堅，物莫能陷③也。」又譽其矛曰：「吾矛之利，於物無不陷也。」或④曰：「以子之矛陷子之盾，何如⑤？」其人弗能應也⑥。夫⑦不可陷之盾與無不陷之矛，不可同世而立⑧。

作者

韓非。

題解

本文出自《韓非子・難一》。「自相矛盾」，是後人根據這篇寓言濃縮而成的成語，指矛盾的言論或事物互相牴觸時，會產生邏輯的錯誤。故事藉由商人爲了推銷商品胡亂吹牛，以致讓自己陷入自相矛盾的窘境，揭示人性的「貪婪」使真相被扭曲，具有反映現實的意義。

注釋

①鬻：音ㄩˋ，賣。盾：防禦用的盾牌。矛：長矛，古時一種長柄、頭裝有尖刀的兵器。
②譽：讚美，自誇。
③莫：不能。陷：穿透、刺破。
④或：有人。
⑤何如：如何，怎麼樣。
⑥弗：不。應：回應。
⑦夫：音ㄈㄨˊ，文言文中的發語詞，表提示作用。
⑧立：存在。

評析

這世上並沒有牢不可破的盾，也沒有無堅不摧的矛，商人誇大了矛與盾的功能，無非是爲了貪圖私利而扭曲眞相，結果卻讓自己陷入不能自圓其說的窘境。越是誇張的讚譽之詞，反而令人懷疑是否眞的有那麼好？

矛盾的現象是普遍存在的，比如在人際關係裡，男生、女生經常對同一件事情的認知產生矛盾。發生事情時，多數男生想到的是怎樣快速理性的解決問題，很多女生需要的卻是情緒上的安撫，男女因此常常發生「你/妳不能了解我」的誤會；主管和屬下之間，也常有利害關係的矛盾，主管需要能幹的屬下，但屬下若是太能幹了，主管又害怕被超越。

雖然有矛盾就容易有衝突，但卻不見得是件壞事，矛盾象徵事物的進步與發展。能夠認識矛盾，積極的分析、研究和解決矛盾，才能讓事物、讓人我之間的關係，有「化矛盾爲和諧」的機會。

經典故事

楚國有個賣盾又賣矛的商人，他做生意時，都會先誇耀自己賣的盾：「我的盾造得很堅固，無論用什麼矛都無法穿透它！」接著，他又洋洋得意的誇耀起自己賣的矛：「我的矛非常鋒利，無論是什麼盾都會被它穿破！」這說法吸引了很多客人注意與圍觀。

眾人正在議論紛紛，忽然有個響亮的聲音問道：「我很想知道，既然你的矛和盾都是當世無雙，如果用你的矛去刺你的盾，會有什麼結果呢？」說話的客人經過攤位，也跟著別人留下來聽了一會兒，終於忍不住開口。

旁觀的人紛紛附和，大家都很好奇商人會怎麼回答。只見商人睜大了眼睛，整個臉漲得通紅，紅到了耳根子裡，卻什麼話都答不出來了。

經典知識

相關成語：「自相矛盾」、「大相矛盾」、「矛盾相向」。比喻人說話或做事前後不一致，互相牴觸。

19. 守株待兔

（戰國．韓非《韓非子》）

經典原文

宋人有耕者，田中有株①，兔走觸②株，折頸而死。因釋其耒③而守株，冀復得④兔；兔不可復得，而身爲宋國笑⑤。

今欲以先王之政，治當世之民，皆守株之類也。

作者

韓非。

題解

本文出自《韓非子．五蠹》。戰國時的宋國，有個農民看見一隻兔子撞在樹根上死了，於是放下鋤頭等待，希望能再次得到撞死的兔子，結果一無所獲。故事提醒人們不要心存僥倖、妄想不勞而獲，應避免死守過去的經驗，墨守成規。

注釋

①宋人：宋國人。株：音ㄓㄨ，樹木被砍斷後殘留的樹樁。
2. 觸：撞。
3. 釋：放下。耒：音ㄌㄟˇ，古代用來翻土的農具。
4. 冀：希望。復：再。
5. 身：自身，自己。為：被。笑：譏笑。

評析

韓非提醒君王在治理人民時，應建立適當的政策，不能刻板的遵循舊法，而不管適不適合當前社會。他以「守株待兔」說明這個道理，同時，也諷刺了當時政策的腐敗和官員的愚笨，他們用舊法治理國家，就會像農夫一樣徒勞無功。

農夫的錯誤是把偶然發生的事，當成絕對會發生的。但是，從天上白白掉下餡餅這種事，是絕對不可能發生的，除非有人乘坐飛行工具，刻意從上面丟下餡餅，剛好被人在地上接住，但那並不是每天都有的機會。故事告訴我們，想得到回報，就該自己創造機會，而不是留在原地空等待。

「守株待兔」也能用在好的地方，如果農夫能掌握兔子經過田地時的規律，在兔子必經之地設下陷阱，等兔子掉入，也是個好辦法。又如戰爭時，某條路是敵軍必經之地，只要設下陷阱「守株待兔」，便可將敵軍手到擒來。換個方式思考，就會對故事的寓意理解得更深刻。

經典故事

宋國有個農夫每天辛勤耕作，他的田地中間有一截斷掉的樹樁，從來不會引起他的注意。

直到有一天，有隻跑得飛快的野兔竟然一頭撞在樹樁上，當場扭斷脖子死了。這對農夫來說，簡直像是天上掉下來的禮物，是老天爺賞賜的免費野味！他興奮的提著兔子回家，對老婆和左鄰右舍炫耀。

從此以後，農夫便不再種田了，他放下手中翻土用的耒，天天守在樹椿子旁，盼望能再得到一隻免費的兔子，但是，卻再也等不到這樣自投羅網的野兔，不但如此，他的田地也荒廢到完全無法耕作的地步。宋國的人聽說這件事，都嘲笑他愚蠢的行爲。

如今，想要用先王制定舊政策，來治理當代的人民，就跟守株待兔一樣徒勞無功啊！

經典知識

相關成語：「守株待兔」、「坐享其成」。形容人不主動努力，而心存僥倖的心理，希望得到意外的收穫。

20. 畫蛇添足

（《戰國策》）

經典原文

楚有祠者①，賜其舍人②卮酒③。舍人相謂曰：「數人飲之不足，一人飲之有餘。請畫地為蛇，先成者飲酒。」一人蛇先成，引酒且飲之④，乃左手持卮，右手畫蛇，曰：「吾能為之足。」未成，一人之蛇成，奪其卮曰：「蛇固⑤無足，子安能⑥為之足？」遂飲其酒。為⑦蛇足者，終亡⑧其酒。

作者

《戰國策》，是中國古代的史學名著。內容按東周、西周、秦、齊、楚、趙、魏、韓、燕、宋、衛、中山國等依次編寫，共三十三卷。時間上起前四九〇年知伯滅范氏，下至前二二一年高漸離以筑擊秦始皇。主要記述戰國縱橫家的言行謀略，反映當時的歷史、社會實況，是研究戰國時期的重要史料。文章氣勢縱橫，比喻巧妙，寓言數量較多，以政治性、現實性、口語性為其寓言的特色。

題解

本文出自《戰國策．齊策》。敘述一群人比賽，大家說好最先在地上畫好蛇的人，可得到唯一的一杯酒。其中一個人畫蛇時爲蛇添上腳，結果輸了比賽。諷喻人做了多餘和不恰當的事，以致於弄巧成拙，同時也諷刺驕妄無知的人。

注釋

①祠者：管理祭祀祖先事宜的官員。
②舍人：門下的食客，在王公貴族手下辦事的人。
③卮：音ㄓ，酒器。卮酒：一杯酒。
④引酒：拿過酒杯。且：將要。飲之：喝下酒。
⑤固：本來。
⑥安能：豈能，怎能。
⑦為：這裡指「畫」。
⑧亡：失去。

評析

一杯酒怎麼能讓那麼多人共飲？看來只有用比賽分出勝負，才能讓一人獨飲。楚人的比賽方式是「畫地爲蛇」，以先後論輸贏。所有人都認眞作畫，偏偏有人先將蛇畫好了又不滿足，還爲蛇添上腳，這樣就不合比賽的要求了，最後輸掉本該贏得的那杯酒。

故事的人物形象刻劃得生動有趣。畫蛇添足的人得意洋洋的誇耀「吾能爲之足」，但他連蛇本

來就「無足」的常識都不清楚，這是對驕慢無知的人最辛辣的諷刺，後人便用「畫蛇添足」比喻節外生枝，提醒人做任何事情都要實事求是，不要自作聰明，製造多餘的事端，否則可能適得其反，把事情搞砸了。故事雖然簡單，寓意卻豐富而深刻。

「畫蛇添足」容易與「畫龍點睛」混淆。「畫龍點睛」講的是南朝梁張僧繇（ㄧㄠˊ）在金陵安樂寺的壁上畫龍，爲其中二龍點上眼睛後，龍便破壁乘雲飛去。意思是在寫文、繪畫、說話、做事時，懂得掌握關鍵，在最重要的地方加上一筆，就能使整體更加傳神。兩個成語的意義不同。

經典故事

楚國有個主管祭祀祖先的官員，將一杯酒賞給前來幫忙的門客們，但是只有一杯酒，大夥都不知該怎麼分。

門客們互相商量，最後決定：「這杯酒只夠給一個人喝，同時有幾個人喝這杯酒根本不夠。這樣好了，大家各自在地上畫一條蛇，第一個畫好的人就可以喝下這杯酒。」大家都覺得有趣，立刻蹲下來畫蛇。

有個門客快手快腳，第一個就把蛇畫好了。他左手拿起酒杯準備飲酒，神情自得，右手還繼續在地上畫著，得意洋洋的說：「我不但很快就畫好，還可以幫蛇添上腳！」

這時，另一個人的蛇也畫好了，那人站起來，一伸手，就把門客手上的酒搶過來，指著地上說：「蛇本來是沒有腳的，你怎麼能多畫出四隻腳呢？那根本不是蛇，你沒資格喝這杯酒！」隨即笑嘻嘻的將酒一飲而盡。

畫蛇添足的人，最後還是失去了那杯酒。

經典知識

相關成語：「畫蛇添足」、「多此一舉」、「節外生枝」。比喻做多餘而無用的事，反而有害，因此做事時要先掌握清楚目標，以免弄巧成拙。

21. 狐假虎威

（《戰國策》）

經典原文

虎求百獸①而食之，得狐。狐曰：「子無敢②食我也，天帝使我長③百獸，今子食我，是逆④天帝命也。子以我爲不信⑤，吾爲子先行，子隨吾後，觀百獸之見我而敢不走⑥乎？」虎以爲然⑦，故遂與之行；獸見之，皆走。虎不知獸畏⑧己而走也，以爲畏狐也。

作者

《戰國策》。

題解

本文出自《戰國策．楚策》。在戰國時代，楚國最強盛的時候，楚宣王對於北方各國都怕他的大將昭奚恤感到奇怪，因此詢問朝中大臣。有位名叫江乙的大臣，便向他說了「狐假虎威」的故事：狐狸借老虎之威嚇退百獸，所以各國眞正怕的是楚王。後來比喻依仗別人的勢力來恐嚇人。

注釋

①求：尋找。百獸：各種獸類。
②子：您。無敢：不敢。
③長：音ㄓㄤˇ，掌管、擔任領袖。
④逆：違背。
⑤以：認為。不信：不可信。
⑥走：逃跑。
⑦然：如此。
⑧畏：懼怕。

評析

狐狸爲何要借老虎的威風？是爲了嚇跑百獸以滿足虛榮心？還是爲了逃離虎口？或是有別的意圖？狐狸被老虎捕獲，面臨殘酷的生存危機，這時除了丟出險招，還能怎麼做？故事裡，狐狸選擇的是「假虎威以自救」，狐狸的生存之道，閃爍著智慧的光。

進一步想，狐狸藉著老虎的威風，在森林中嚇唬別人，讓自己逃離了虎吻，可是一時的機智，恐怕不能掩飾狐狸本身的弱點太久，把戲一旦被揭穿，非但會受到群獸的圍攻，還會被受騙的老虎吞吃。所以狐狸必須先洞悉老虎的愚昧，在準確了解對方的基礎上，用天衣無縫的語言欺騙對方，事情才會成功。

狐狸藉著老虎的威風嚇跑了百獸的故事，反映現實中有些人借助權勢欺騙恫嚇人們的現象。所有性格狡猾、奸詐的人，總是善於利用別人，喜歡說謊話，裝腔作勢，他們雖然借助外力能得意一

時，但本質仍舊是不堪一擊。

經典故事

老虎在山中尋找各種野獸，打算飽餐一頓，牠花了很多時間尋尋覓覓，終於找到了一隻看起來十分「可口」的狐狸。

狐狸好害怕，嚇得全身不停的發抖。忽然，牠腦中靈光一閃，就對老虎說道：「你不敢吃我的！你以爲自己是萬獸之王嗎？錯了！我才是上天派來掌管百獸、要當群獸領袖的萬獸之王，如果你吃掉我，就是違背上天的旨意！如果不信，就讓我走在前面，你跟著我進入森林，看看動物們見到了我，是不是避之惟恐不及？」

老虎聽信了狐狸的話，就和狐狸走在一起。動物們一見到牠們，紛紛沒命的四散奔逃，很快就不見了，只留下平靜而幽暗的森林。老虎看見這情形，更加信以爲眞，不敢再找狐狸的麻煩了。

老虎不知道動物們是害怕自己才逃走的，還以爲是害怕狐狸呢！

經典知識

相關成語：「狐假虎威」、「狐虎之威」、「狗仗人勢」。諷刺人藉著有權位者的威勢欺壓別人、作威作福。

22. 驚弓之鳥

（《戰國策》）

經典原文

異日者①，更羸②與魏王③處京臺④之下，仰見飛鳥。更羸謂⑤魏王曰：「臣爲王引弓虛發而下鳥⑥。」魏王曰：「然則射可自此乎⑦？」更羸曰：「可。」有間⑧，雁從東方來，更羸以虛發而下之。魏王曰：「然則射可自此乎？」更羸曰：「此孽也⑨。」王曰：「先生何以知之？」對曰：「其飛徐⑩而鳴悲。飛徐者，故瘡痛也⑪。鳴悲者，久失群也。故瘡未息而驚心未去也⑫。聞弦音，引而高飛⑬，故瘡隕也⑭。」

作者

戰國策。

題解

本文出自《戰國策．楚策》。藉著神射手更羸與魏王對談，敘述被弓箭嚇怕了的鳥容易驚恐，這是其弱點，他靈活的運用觀察力與「攻心爲上」的策略，從鳥的弱點下手，獲得勝利。現今多用

來形容受過驚嚇的人，遇到一點狀況就非常害怕，間接說明爲人行事要光明磊落，方能心安理得。

注釋

①異日者：從前的某一天。
②更羸：魏國神射手的名字。羸，音ㄌㄟˊ。
③魏王：魏國的國君。
④處於京臺：站在高臺。
⑤謂：告訴。
⑥引弓虛發：只空拉著弓，不放箭，發出射箭的聲音。下鳥：使鳥掉落。下，作動詞用。
⑦然則：那麼。射可至此乎：射箭的技術竟可以到達這種地步？
⑧有間：有一會兒。間，音ㄐㄧㄢˋ。
⑨孽：音ㄋㄧㄝˋ，災禍。這裡指雁曾受過箭傷。
⑩飛徐：飛得慢。
⑪故瘡：舊傷口。瘡，音ㄔㄨㄤ。
⑫息：停止。在這裡是傷口痊癒的意思。未去：沒有離去，指驚魂未定。
⑬引而高飛：展翅欲飛。
⑭故瘡隕：舊傷復發而掉下來。隕：音ㄩㄣˇ，墜落。

評析

曾經受過驚嚇的人，再次遇到類似的情境，就會非常害怕，這是本能。更羸根據常識，透過細膩的觀察、精準的分析，得出「驚弓之鳥」的結論，因而演出虛拉弓弦就能射落大雁的「高超箭術」。更羸這種觀察、分析的能力，只有依靠長期努力的學習和累積經驗，才能培養出來。

鳥之「驚弓」是動物的本能，更羸巧妙的掌握了它的規律，運用自己豐富的狩獵經驗，從大雁飛翔的速度和悲鳴聲中，判斷動物的心理。其實生活中的所有現象，都蘊含了能揭露內在的線索，只不過，我們必須由外而內仔細的分析，才能掌握問題的關鍵，求學、工作、做人都是如此。

受過創傷所得到的經驗教訓，深刻而珍貴。如果要從創傷中提煉出寶貴的教訓，就必須痛定思痛的反省，培養鬥志，使傷口在肉體和精神上都癒合了，再重新出發。否則，創傷只是表面上的癒合，但心靈並沒有眞正得到恢復，很就容易變成「驚弓之鳥」，更加不堪打擊。

經典故事

神射手更羸與魏王站在高臺之下，抬頭看見飛鳥從頭頂掠過。更羸便對魏王笑說：「我能夠不放箭、只拉弓，靠弓弦的聲音就使鳥兒掉下來。」魏王不太相信，質疑道：「你射箭的技術，眞的可以這麼高超嗎？」更羸自信滿滿的說：「能！」此時，遠遠望去，有一隻孤雁正從東方飛來。更羸算準距離拉滿弓，便朝著天空虛射一箭，大雁果眞應聲而落了，立刻就有僕人撿過來呈上。

魏王看著雁，牠的身體並沒有受傷，簡直不敢相信自己的眼睛，驚呼道：「難道箭術眞的可以達到這麼高的境界？」

更羸微微一笑，解釋道：「其實這鳥曾經受過箭傷，所以再次聽見弓弦聲，就驚嚇得掉落下來，並不是因爲我的箭術高明。」

魏王更納悶了：「先生怎知道牠受過傷？」

更羸答：「您看牠飛得那麼慢，還一邊發出哀鳴聲。慢，是因爲舊傷疼痛；悲鳴，是因爲孤單很久，而且舊的傷口還沒癒合，驚魂未定。在這些因素下，自然一聽見弓弦聲就拚命的展翅高飛，造成舊傷復發而掉落下來了。」

經典知識

相關成語：「驚弓之鳥」、「心有餘悸」、「一朝被蛇咬，十年怕草繩」。比喻曾經受過打擊或驚嚇，心有餘悸，稍微遇到變故就害怕。

23. 南轅北轍

（《戰國策》）

經典原文

魏王①欲攻邯鄲。季梁②聞之，中道而反③，衣焦不申④，頭塵不去⑤，往見王，曰：「今者臣來，見人於大行⑥，方北面而持其駕⑦，告臣曰：『我欲之⑧楚。』臣曰：『君之楚，將奚爲⑨北面？』曰：『吾馬良！』臣曰：『馬雖良，此非楚之路也。』曰：『吾用多⑩。』臣曰：『用雖多，此非楚之路也。』曰：『吾御者善⑪。』——此數者愈善，而離楚愈遠耳⑫！今王動欲成霸王⑬，舉欲信於天下⑭。恃⑮王國之大，兵之精銳，而攻邗鄲，以廣地尊名⑯。王之動愈數，而離王愈遠耳⑰。猶至楚而北行也。」

作者

《戰國策》。

題解

本文出自《戰國策·魏策》。季梁得知魏王欲侵略邯鄲，就以半路上遇見有人想到南方的楚國

卻往北走的故事，勸告魏王身爲君主無論做什麼事，都要先找對方向，往正確的路上走，如果方向錯誤，結果只會離目標越來越遠。

注釋

①魏王：指安釐王圉（ㄩˇ）。
②季梁：魏國的賢人，生卒年不詳。姬姓季氏，春秋早期的政治家和思想家。
③中道而反：半路折返回程。反，同「返」。
④焦：皺縮。申：伸展。
⑤頭塵不去：頭上的塵土來不及除去。
⑥大行：一說是太行山，另一說是指大路。
⑦方北面：正向北方。持其駕：手持著韁繩，駕著馬車。
⑧之：往。
⑨奚為：為什麼。
⑩用：費用，旅費。
⑪御者善：馬車夫的技術高明。
⑫此數者愈善，而離楚愈遠耳：指上述良馬、旅費及馬車夫越好，離楚國就越遠。弄巧成拙的意思。
⑬動：有所作為。霸王：霸業。
⑭舉欲信於天下：君王的一舉一動都要取信天下人，才能眾望所歸。
⑮恃：音ㄕˋ，依賴、依仗。
⑯廣地尊名：擴充土地，抬高聲望。
⑰王之動欲數，而離王愈遠耳：魏王這類不合理的行動越多，距離成霸業的機會越遠。第一個「王」指魏王，第二個指霸業。

評析

轅，是安裝在車子前面，用來套駕牲畜的兩根直木，左右各有一個。轍，則是車輪輾過地面時，所留下來的痕跡。轅向南，轍卻向北，比喻行動與目的相反，背道而馳，結果只會離目標越來越遠。

戰國後期，曾經雄霸天下的魏國國力日漸衰退，可是魏國的國君安釐王圉，仍然企圖出兵攻打趙國。魏國的賢人季梁爲了打動魏王，便現身說法，說了「南轅北轍」的故事，指出魏王的做法，將使他的行動與目的背道而馳。我們可從中得知季梁的政治觀，他認爲成就霸業的關鍵不在於武力侵略，而在君王是否具有王者的風範，唯有讓天下人心服口服的做法，才有機會征服天下。

有時我們爲了啓發他人，所說的故事並不一定要符合事實，爲了讓故事更生動、更有說服力，說故事的人都會使虛構的情節與親身經歷「看似」相關，季梁就是用這種方法，將故事、寓意假託爲「親身經歷」，會更容易打動人心。

經典故事

魏王想要攻打趙國的國都邯鄲。

季梁聽到這件事，立刻半路折返，顧不到整理衣服的皺摺，也來不及拍去頭上的塵土，便急急忙忙面見魏王，說：「我今天回來時，看見有人往太行山去，他朝北方走，手上拿著馬的韁繩，駕著車，卻打算前往楚國。我問他：『楚國明明是在南方，你要到楚國，爲什麼會往北走？』對方卻回答：『我的馬腳力好。』我說：『馬雖然好，但這不是去楚國的路啊！』誰知他又辯說：『我的旅費充足。』我回他：『你的旅費再多也沒用，這不是去楚國的路啊！』然而他又堅持說：『我的車夫技術好！』我聽了只能搖頭，因爲就算各方面條件俱佳，但是方向錯了，只會離楚國越來越遠。」

魏王沉思不語。

季梁又道：「大王想完成霸業，一舉一動都要取信於天下人，才能眾望所歸。但現在魏國仗著國力強大，軍隊精良，就決定攻打邯鄲，以擴充領土、抬高聲望，卻不知靠著武力侵略他國，只會在國際上引起爭議，有損威望。您這種不合理的行動越多，就離建立霸業的道路越遠，就像去楚國卻往北走一樣的錯誤啊！」

經典知識

相關成語：「南轅北轍」、「背道而馳」。比喻人的行動和目的彼此背道而馳。

24. 螳臂當車

（西漢・韓嬰《韓詩外傳》）

經典原文

齊莊公出獵①，有螳螂②舉足，將搏③其輪。問其御④曰：「此何蟲也？」御曰：「此是螳螂也。其爲蟲，知進而不知退，不量力而輕就敵⑤。」莊公曰：「此爲人⑥，必爲天下勇士矣！」於是迴車避之⑦，而勇士歸之⑧。

作者

韓嬰（約前二〇〇年～前一三〇年），涿（ㄓㄨㄛˊ）郡鄚（ㄇㄛˋ）（今河北省任丘市）人，著名的今文經學家，鑽研《詩經》研究，世稱「韓詩」，與轅固生的齊詩、申培的魯詩，並稱「三家詩」。著有《韓詩內傳》、《韓詩外傳》，南宋以後僅存《外傳》，可能已被修改。文字簡潔委婉，寓言多引用自先秦諸子書，少有獨創之作。

題解

本文出自《韓詩外傳》卷八。故事說一隻螳螂立於車道中，舉起雙臂，想阻擋車子前進，沒有被壓死，卻獲得齊莊公對勇士的敬重和領悟。「螳臂當車」最先語出於《莊子・人間世》：「汝不知夫螳螂乎？怒其臂以當車轍，不知其不勝任也。」比喻人不自量力，但在本故事則讚美螳螂的勇氣。

注釋

①齊莊公：春秋時齊國的國君，姓姜，名光，齊靈公之子。出獵：外出打獵。

②螳螂：昆蟲名。全身呈綠色或土黃色，體長，腹部肥大，頭三角形，前胸延長如頸，前肢作鐮形，有棘刺，便於捕獲他蟲。因捕食害蟲，有益農業，屬於益蟲。

③搏：音ㄅㄛˊ，搏鬥。

④御：駕車的車夫。

⑤不量力：不能正確估量自己的能力，而過於高估自己。輕就敵：輕易就和敵人打仗。就：趨近。

⑥此為人：用這樣的精神做人。

⑦迴車：掉轉車子。避：避開。

⑧勇士：有勇氣膽量的人。歸：歸附。

評析

「螳臂當車」的故事，在《莊子．人間世》、劉安《淮南子．人間訓》和韓嬰《韓詩外傳》中都有記載，但諷喻目的不同。《莊子》說明人如果不自量力，必然導致失敗；《淮南子》說勇士們聽了這件事，就懂得如何盡心保衛國家。《韓詩外傳》則給予領導者啓示：要尊重和珍惜勇士，天下的勇士才會前來效力。

在莊子的眼中，螳螂自不量力難以擔當重任，是在告誡世人，像螳螂那樣的人，一旦跟別人眞槍實彈較量，沒有不失敗的。但是在齊莊公的眼裡，螳螂卻是英雄，只憑著弱小的血肉之軀，竟然敢和龐大的車子對抗，勇氣可嘉。齊莊公避開螳螂繞路而行，是出於尊重勇士動機，因爲他看見小螳螂的偉大。

一隻小螳螂當車的舉動，看到的人卻各有不同看法，同一個故事像這樣經過輾轉引用之後，會根據作者說故事的目的、諷喻對象不同，而產生不同的寓意，這是寓言具有豐富內涵的例子，閱讀寓言，可以讓我們的思考更加多元。

經典故事

齊莊公乘車外出打獵，在路上忽然見到一隻小小的綠色蟲子，伸出兩條鐮刀似的長前腿，姿態英武的樣子，似乎想阻擋前進中的車輪，準備搏鬥一番。

齊莊公好奇的探身問前方駕車的車夫：「這是什麼蟲子？」

車夫將車子停了下來，回答：「大王，這是螳螂。這隻小螳螂看見車子來了，只知道勇猛向前，卻不知道趕快退避，也不衡量自己的力量就要跟敵人打仗。」

齊莊公聽了卻仰頭大笑，撫鬚說道：「如果拿出螳螂的精神做人，必定能成爲天下最出色的勇士。我們繞道走，就別傷害牠吧！」於是駕車的人迂迴的繞過螳螂，從路旁走過去了。

這件事情很快就傳揚開來，人們都讚美齊莊公敬愛勇士，遠方許多勇敢的武士知道後，紛紛前往齊國歸附於莊公，想爲齊國效力。

經典知識

相關成語：「螳臂當車」、「自不量力」。比喻不自量力，妄想抗拒無法抗拒的強大力量，必定會導致失敗。也可以用來讚美「以小搏大」的勇氣。

25. 塞翁失馬

（西漢·劉安《淮南子》）

經典原文

近塞上①之人，有善術者②。馬無故亡而入胡③，人皆弔④之。其父曰：「此何遽⑤不能爲福乎？」居數月，其馬將⑥胡駿馬而歸，人皆賀之。其父曰：「此何遽不能爲禍乎？」家富⑦良馬，其子好騎，墮而折其髀⑧，人皆弔之。其父曰：「此何遽不能爲福乎？」居一年，胡人大入塞⑨，丁壯者引弦而戰⑩，近塞之人，死者十九⑪，此獨以跛之故，父子相保⑫。故福之爲禍，禍之爲福，化不可極⑬，深不可測也。

作者

劉安（前一七九年～前一二二年），西漢沛郡豐（今江蘇豐縣）人，劉邦的孫子，西漢的思想家、文學家，世襲淮南王。劉安和門客蘇非、李尚、伍被等人著有《淮南子》一書，又稱《淮南鴻烈》，內容善用歷史故事、神話傳說和寓言來說理，有些寓言的立意新穎，佳作頗多。

題解

本文出自《淮南子．人間訓》。透過一個老翁的馬走失、兒子摔斷腿等「壞事」，以及馬失而復得、兒子因爲斷腿而免去兵役等「好事」，說明事物的福與禍在某些狀況下可以互相轉化，人無論遇到福還是禍，都要抱持豁達的態度。

注釋

① 塞上：邊塞，國家邊界險要之處，多軍隊駐守。塞，音 ㄙㄞˋ。
② 善術者：算命師。
③ 亡：逃跑。胡：古時對北方少數民族的通稱。
④ 弔：音ㄉㄧㄠˋ，慰問遭遇不幸的人。
⑤ 父：音 ㄈㄨˇ，野老的通稱，指老翁。遽：就。
⑥ 將：音ㄐㄧㄤˋ，帶領。
⑦ 富：多。
⑧ 墮：音ㄉㄨㄛˋ，墜落。髀：音 ㄅㄧˋ，大腿骨。
⑨ 大入塞：大舉入侵邊塞。
⑩ 引弦而戰：拿箭拉弦射擊，形容作戰。
⑪ 十九：十分之九。
⑫ 保：保全（性命）。
⑬ 化不可極：比喻世事變化無窮，沒有極限。

評析

老子說：「禍兮福之所倚，福兮禍之所伏。」世事往往福成為禍，禍變成福，禍與福互相依存，可以互相轉化。壞事可能引出好的結果，好事也可能招來壞的結果，禍、福之間變化無窮，深不可測。

人世間的好事與壞事都不是絕對的，在一定的條件底下，矛盾的雙方可能會產生「轉化」，將好、壞的結果調轉。至於怎樣才會發生轉化？就要看客觀的條件才能決定了。好比故事中老人的兒子摔斷腿，表面上看起來是壞事，誰知道國家發生戰爭，兒子可以免去兵役，摔斷腿又成了好事。假使沒有戰爭，也可能有其他的事使斷腿變成好事，這告訴我們：人要用平常心看待禍福。

不過換個角度來看，俗話說：「覆巢之下無完卵。」老翁的兒子雖然摔斷腿不必打仗，似乎是好事，但如果國家輸了這場戰爭，恐怕所有的人都不能倖免於難，畢竟國家的興亡，牽動了許多微小個人的命運。

經典故事

邊塞附近有個老人精通算命，能藉著觀察自然現象推測個人和國家的禍福。這天，他的馬無緣無故逃到胡人的領土，追不回來了，所有人都來慰問老人，表示惋惜。但老人卻說：「失去了馬，怎麼就不是好事呢？」眾人都感到納悶。

幾個月後，老人的馬竟然帶著幾匹胡人的駿馬回來了。所有人聽到走失的馬竟然能帶回其他的馬，都跑去向他祝賀。老人卻淡淡的說：「得到了馬，怎麼就不是壞事呢？」此話讓眾人都摸不著頭腦。

老人家裡養了許多好馬，他兒子喜歡騎馬，常用來練習騎術，有一次騎馬時，不小心從馬背上掉下來，摔斷了大腿。所有人都來安慰老人，爲他兒子的遭遇唏噓不已。不過老人竟然說：「我兒子腿斷了，怎麼就不是好事呢？」眾人更覺得老人糊塗了，他兒子將來可能會跛腳，怎麼會是好事？

過了一年，胡人大舉入侵邊塞地區，政府命令附近的青壯男子，都要拿起弓箭作戰。戰爭時，被徵召從軍的年輕士兵大多數都死了，只有老人的兒子因爲跛腳而免於征戰，在家中侍奉父親。有了兒子盡心奉養，老人也就能安享天年，父子倆都得以保全了。

經典知識

相關成語：「塞翁失馬」、「因禍得福」、「禍福相倚」。比喻禍、福時常互轉，不能以一時論定。

26. 景公善聽

（西漢・劉向《說苑》）

經典原文

晏子沒①，十有七年②。景公③飲諸大夫酒。公射出質④，堂上唱善⑤若出一口。公作色太息⑥，播弓矢⑦。

弦章⑧入。公曰：「章！自吾失晏子，於今十有七年，未嘗聞吾過、不善。今射出質，而唱善者若出一口！」

弦章對曰：「此諸臣之不肖⑨也。知不足以知君之不善⑩，勇不足以犯君之顏色⑪。然而有一焉，臣聞之：『君好之，則臣服之⑫；君嗜之，則臣食之。』夫尺蠖食黃則其身黃⑬，食蒼則其身蒼⑭，君其⑮猶有諂人言乎！」

公曰：「善！今日之言，章爲君，我爲臣。」

是時，海人入魚⑯，公以五十乘⑰賜弦章。歸，魚乘塞塗⑱。撫其御之手曰：「曩之唱善者皆欲若魚者也⑲。昔者，晏子辭賞以正君，故過失不掩。今諸臣諂諛以干利⑳，故出質而唱善如出一口。今所輔於君未見於眾㉑，而受若魚，是反晏子之義㉒而順諂諛之欲也。」固辭㉓魚不受。

作者

劉向（前七十七年～前六年），字子政，爲高祖之弟楚元王劉交的玄孫。博覽群書，精通天文星象，曾擔任中壘校尉，世稱「劉中壘」。著有《別錄》，是中國最早的分類目錄，另有《新序》、《說苑》、《列女傳》等書，又有賦三十三篇，今僅存〈九歎〉一篇。其子爲著名的經學家劉歆。

題解

本文出自《說苑．君道》，又名〈唱善若出一口〉，意思是眾人異口同聲叫好。藉著齊景公射箭脫靶，群臣卻齊聲喝彩，以及弦章拒絕景公賜魚的故事，說明上位者想要聽到部屬說眞話，是很不容易的，端看上位者是否能自省，時常抱持謙虛的態度。文章讚揚了人臣勇於犯顏勸諫的正直與良善。

注釋

①晏子：春秋時齊國的卿相，素有賢名。沒：音 ㄇㄛˋ，同「歿」，過世。
②十有七年：十七年。有：又。
③景公：齊景公，姓姜，名杵臼，在位時有晏嬰輔政。喜歡打獵，故晏子常勸諫他，齊景公多能納諫。
④質：音 ㄓˊ，箭靶。出質：超出箭靶，沒有射中。
⑤唱善：叫好。
⑥作色：改變臉色，指發怒、遺憾或較為嚴肅的表情。太息：大聲嘆氣。
⑦播弓矢：拋棄弓箭。播：音 ㄅㄛˋ，拋棄。
⑧弦章：春秋時齊國的賢大夫。

⑨不肖：不好，過失。
⑩知：第一個「知」，音ㄓˋ，智慧。第二個是察覺的意思，音ㄓ。
⑪犯：冒犯。顏色：臉色，人情緒的外在表現。
⑫服：穿衣服。動詞。
⑬尺蠖：一種會危害樹木、棉花的蟲子。蠖，音ㄏㄨㄛˋ。食黃：吃黃色葉子。
⑭食蒼：吃綠色葉子。蒼：綠色。
⑮其：大概，表示揣測。
⑯海人：漁人。入魚：進獻魚。
⑰乘：音ㄕㄥˋ，量詞。古代計算車輛的單位。
⑱魚乘塞塗：載滿魚貨的車輛多到塞滿了道路。乘，音ㄕㄥˋ。塞：音ㄙㄜˋ，阻隔不通。塗：同「途」，道路。
⑲曩：音ㄋㄤˇ，從前。若：此、這。
⑳諂諛：音ㄔㄢˇ ㄩˊ，逢迎阿諛。干：求取，營求。
㉑輔：輔佐。見於眾：讓眾人看見。指弦章輔佐君王，成果尚未讓人民看見。
㉒義：道義，規矩。
㉓固辭：堅持請辭、推辭。

評析

弦章一語道出大臣們阿諛奉承的原因，是因爲他們沒有能力知道長官的錯誤，就算知道了，也沒有勇氣指正出來。長官個人的喜好，也決定了諂媚者的存在，如果長官不喜歡聽人阿諛奉承，身邊的人自然不敢靠著諂媚求利。

弦章是晏子的縮影。故事說齊景公賜給弦章好幾車魚，弦章不但不得意，反而能夠反躬自省，因爲他認爲自己只是盡本份勸諫君王，對國家和人民都還沒有實質的貢獻，卻平白得到這麼多賞賜，令他感到汗顏，所以堅決辭退了這些賞賜。弦章的行爲表現出謙虛的態度，不汲汲於富貴，令人景仰。

弦章的廉潔品格，是晏子遺留下來的德操，雖然賢能的晏子過世多年了，但是弦章的德操也可以與之比美。這則故事以晏子、弦章兩個人物作爲對照，一虛、一實，互相烘托，使得弦章與晏子的賢人形象躍然於紙上。

經典故事

晏子逝世十七年以後，有一天，齊景公請大夫們喝酒，酒酣耳熱時射箭助興。齊景公射了一箭，卻偏離了箭靶沒有射中，在場的官員們異口同聲的叫好，叫得震天價響。齊景公卻變了臉色，嘆著氣，一揮手就將弓箭扔掉。

這時，弦章進來了。齊景公對他說：「弦章！自從我失去晏子這位賢相，已經十七年了，從來沒聽到有人批評我的過錯。今天射箭偏離了箭靶，還是聽到一片叫好聲。」說罷，長嘆了一口氣。

弦章微微一笑答道：「這是因爲臣子沒有才能啊！他們的智慧不足以知道您的錯誤，他們的勇氣也不足以觸犯您的君威。但是有一點，聽說：『君王喜好什麼顏色，臣子就會穿那顏色的服裝；君王喜歡吃什麼，臣子就吃什麼。』就像尺蠖這種小蟲吃黃色的植物，身體就會變成黃色，吃綠色的植物，身體就是綠色的。您身邊

大概有諂媚的人在說話吧？」

齊景公大爲讚賞，道：「弦章，眞足以作爲我的老師！」

這時，漁人進貢的魚貨被送進宮裡來了，齊景公就將載滿五十車的魚全賜給弦章。弦章回家時，裝魚的車輛多到塞滿了整條道路。弦章嘆了口氣，拍著車夫的手說：「之前那些在大王身邊只說好話的人，都是想得到魚的。過去晏子謝絕賞賜，才有立場指正君王，而今我輔佐君王，成果尚未讓人民看見，又平白接受賞賜，這是違反晏子的道義，而順從自己的貪欲啊！」於是堅持謝絕了賞賜。

當時的君子都稱讚：「弦章的廉潔，是晏子遺留下來的德操。」

經典知識

相關成語：「阿諛奉承」、「逢迎拍馬」。形容人不明是非的曲意奉承，以討好他人的行爲。

27. 葉公好龍

（西漢·劉向《新序》）

經典原文

葉公子高好龍①，鉤以寫龍②，鑿③以寫龍，屋室雕文④以寫龍。於是夫⑤龍聞而下之，窺頭於牖⑥，施尾於堂⑦。葉公見之，棄而還⑧走，失其魂魄，五色無主⑨。是⑩葉公非好龍也，好夫⑪似龍而非龍者也。

作者

劉向。

題解

本文出自《新序·雜事五》。葉公平日愛龍，但眞正的龍出現在他面前時，他又害怕得躲起來。諷喻某些人表面上愛好、讚賞某事物，實際上並非發自內心的喜愛，也可指某些人只憑外表而喜歡，一旦眞正接觸、認識，就不會再喜歡了。

注釋

①葉公子高：春秋時的楚國貴族，姓沈，名諸梁，字子高，封於葉（今河南葉縣），故稱葉公。好：音ㄏㄠˋ，愛好。
②鉤以寫龍：在衣帶鉤上畫龍。
③鑿：音ㄗㄨㄛˋ，器物上可鑲嵌東西的下凹部分。
④文：線條交錯的圖案、花紋。
⑤夫：音ㄈㄨˊ，文言文中的發語詞，有提示作用。
⑥窺：探視。牖：音ㄧㄡˇ，窗戶。
⑦施：音ㄧˋ，移動。堂：正房，大廳。
⑧還：音ㄏㄨㄢˊ，返回。
⑨五色無主：臉色大變，不能自主。
⑩是：此，這。
⑪夫：音ㄈㄨˊ，指示代名詞，那些。

評析

「葉公好龍」的故事，是孔子的弟子子張求見魯哀公時說的。

魯哀公經常對別人說自己非常渴望人才，說他有多麼喜歡具有知識才幹的人，求才若渴。子張聽說了，就風塵僕僕的來到魯國，求見魯哀公。但是子張在魯國住了七天，卻始終等不到魯哀公，原來魯哀公說自己愛才，其實只是學別的國君這麼說說而已，想塑造出「明君」的形象，但事實上對前來求見的子張卻不當一回事，也無心接見。子張很失望，於是講了這則故事，讓車夫轉述給魯哀公聽，就悄然離去了。魯哀公就像葉公一樣，對真龍（賢才）視而不見。

龍的地位如此崇高，誰不會喜愛牠呢？但有的人只不過是人云亦云而已，盲目的追逐流行，事實上並不是眞的愛龍，就像葉公好龍和魯哀公愛才一樣。有些人表面上愛好某事物，實際上並不眞愛，或根本不了解某事物，只是迷戀外表，一旦眞正接觸後就不會喜歡了，因爲不是眞正的喜愛，就無法面對眞正的現實。

經典故事

葉公非常喜歡龍。傳說龍可以隱形，在春風吹起時登上天際，秋風來時又潛入深淵，還能興雲致雨。龍也是皇權的象徵，所以葉公喜愛極了，不但在用來掛裝飾品的衣帶鉤上畫龍，在平日使用的酒器上畫龍，連房屋、房間裡雕鏤裝飾的花紋也是龍。

葉公這麼愛龍，天上的眞龍知道以後，也感到好奇，便從天上輕飄飄的降臨到他家裡。眞龍伸長了龍頭在窗外窺探，還將龍尾拖到了廳堂裡，在房子內外四處遊走，探頭探腦的，將屋裡的人嚇得魂不附體，紛紛走避。葉公看見眞龍來了，也害怕得轉身就跑，躲回屋內，魂魄都飛了似的，臉色大變，身體不由自主的發抖。

由此看來，葉公並不是眞的喜歡龍，他喜歡的只不過是那些長得像龍、卻不是龍的東西罷了。

經典知識

相關成語：「葉公好龍」、「表裡不一」、「沽名釣譽」。比喻人表裡不一，思想和外表的言行不一致。

28. 對牛彈琴

（西漢・牟融《牟子理惑論》）

經典原文

昔公明儀①爲牛彈〈清角之操〉②，伏食如故③。非牛不聞，不合其耳矣。轉爲蚊虻④之聲，孤犢⑤之鳴，即掉尾奮耳⑥，蹀躞⑦而聽。

作者

牟融（？～七九年），字子優。著有《牟子》二卷，又稱《牟子理惑論》、《理惑論》，是中國最早的佛教論書，現存殘本，收在南朝梁代僧佑所編的《弘明集》。全書以客主問答的形式，對佛教提出種種疑問和責難，牟子則引經據典加以解釋或辯駁，在問答之間闡述了佛教的義理。

題解

本文出自《牟子理惑論》，收在《弘明集》中。故事說，某人彈琴給牛聽，牛聽不懂高雅的清曲而不理他，後來他又模仿蚊子的聲音彈奏出來，牛才終於有反應了。諷喻對不懂道理的人講道理，只不過是白費功夫而已。

注釋

①昔：過去，從前。公明儀：春秋時魯國人，子張的弟子。子張是孔子弟子，公明儀是孔子的再傳弟子。

②清角之操：音律境界高深、曲調高雅的曲子。清角：古代曲調名。中國五音為宮、商、角（ㄐㄩㄝˊ）、徵（ㄓˇ）、羽。操：琴曲。

③伏食：埋頭吃草。如故：仍舊。

④蚊虻：蚊子。虻，音ㄇㄥˊ。

⑤孤犢：離開母親的小牛。犢：音ㄉㄨˊ，小牛。

⑥掉尾奮耳：甩動尾巴，豎起耳朵。

⑦蹀躞：音ㄉㄧㄝˊ ㄒㄧㄝˋ，小步的來回走動。

評析

對不懂道理的人講道理，只是白費唇舌而已，就像公明儀爲牛彈奏古雅的〈清角〉琴曲，但牛依然埋頭吃草，因爲對牛來說，再美妙的琴音都是沒有意義的，牛怎麼會聽得懂音律呢？作者認爲，其實並不是牛不聽，而是這種曲調不悅牠的耳，如果能彈奏出牛聽得懂的聲音，即使是牛，也能成爲人的知音。

在生活中，我們常遇到「對牛彈琴」的狀況，譬如有些父母與孩子無法談心、員工與客戶溝通不良，這種人與人之間互不了解所產生的問題，經常造成情感的裂痕和誤會。我們自以爲很努力的跟對方溝通，但對方理解到的訊息，往往跟我們的意思差距很大，因爲雙方各自用自己的語言說話，各有想法，都不能使對方了解自己。

公明儀最後調整做法，改彈奏牛聽得懂的蚊子聲與小牛的叫聲，牛才聽得懂，這給了我們一個啓示，想要溝通無障礙，必須願意先調整說法、做法才有對話的契機。當我們遇到聽不懂道理的人時，不妨就用對方能聽懂的語言來溝通。

經典故事

公明儀帶著古琴來到城郊的田野散步，溫暖的春風和著青草香，拂過他的鼻端，空氣中充滿草的芬芳。他席地而坐，將琴放在面前，手一揚，便彈奏了起來，琴聲飄揚，妙音靜心，使人聞之沉醉。公明儀不愧是魯國著名的音樂家，在他手指的撥弄下，悠揚的琴音在青山綠水之間飄盪，在時光中緩緩的流動。

一曲彈畢，公孫儀環顧四周，發現不遠處有一頭大公牛正低著頭吃草。他突發奇想的要爲這頭牛演奏一曲，於是撥動琴弦，彈奏了一首高雅的〈清角之操〉曲，從高華悠雅的樂聲中，彷彿可見草地上開了數不盡的野花，輕輕隨風飄動。然而，雖然公明儀彈奏的曲子非常動聽，但吃草的牛卻不動如山，仍靜靜的吃草。牛能聽到琴音，卻不能理解曲中傳達的美妙意境。

公明儀無奈的看著這頭牛，沉吟了一會兒，忽然再度揮手撫動琴弦，這次彈出一些奇怪雜亂的聲音，有的像嗡嗡的蚊子聲，有的像迷路的小牛發出來的叫聲。此時，牛竟然像突然醒過來似的搖搖尾巴，豎起耳朵，小步走近聽了起來。原來對牛來說，這才是牠熟悉的聲音啊！

經典知識

相關成語：「對牛彈琴」、「對牛鼓簧」、「白費口舌」。比喻對不懂的人談高深的道理，只是白費力氣而已。

29. 仕數不遇

（東漢・王充《論衡》）

經典原文

昔周人有仕數不遇①，年老白首，泣涕於塗②者。人或問之：「何爲③泣乎？」對曰：「吾仕數不遇，自傷年老失時④，是以泣也。」人曰：「仕奈何⑤不一遇也？」對曰：「吾年少之時學爲文⑥。文德⑦成就，始欲仕宦⑧，人君好用老。用老主亡⑨，後主又用武。吾更爲武，武節⑩始就，武主又亡。少主始立，好用少年，吾年又老。是以未嘗一遇。」

仕宦有時，不可求也。

作者

王充（二七年～約九七年），字仲任。自小家貧，無法讀書，只好在洛陽的書肆中閱讀自己賣的書，後來博通古今。著有《論衡》一書，探討哲學、政治、宗教、文化等問題，書中的寓言多能以充滿智慧的觀點，指出世俗的荒謬。

題解

本文出自《論衡．逢遇》。故事說周人從年輕到老，歷經三朝君主都不被任用，原因是他只知一味的追逐君主的喜好，缺乏其他因素的配合，最終沒能實現理想。諷喻謀事在人，成事在天，當官與謀職不同，是否能得到賞識，不能強求。

注釋

①仕數不遇：多次想做官都沒有機會。數：音ㄕㄨㄛˋ，屢次。

②塗：同「途」，道路。

③何為：何故，為什麼。為，音ㄨㄟˋ。

④失時：失去時機。

⑤奈何：怎樣，如何。

⑥文：指禮樂、典章制度，或是治國之法。

⑦文德：文章、道德。

⑧仕宦：出任官職。宦：音ㄏㄨㄢˋ，官吏。

⑨用老主亡：喜好起用年長人才的君王過世了。

⑩武節：武藝兵法。

評析

故事中，讀書人的遭遇反映了古時人才的選拔任用，只能任憑統治者的主觀好惡來決定的現象。君王或是愛文，或是好武，或是尊老，或是愛少，都沒有固定的制度和嚴格的保障，在這種情況下，不知埋沒了多少人才。

即使在有考選任用制度的現代，當官何嘗不需要機運？考試有考運的問題，升遷也有競爭的壓力，就算想要迎合長官的喜好，也不一定有用，因爲「人主好惡無常」、「伴君如伴虎」，每當政局發生變化或是改朝換代，身爲下屬的人隨時有可能下台，於是「生不逢時」就成了爲官者經常有的感嘆。

君王的好惡無常，往往導致埋沒人才，這則故事藉著讀書人悲傷不遇，來諷刺世人往往不能洞察政治的生態，不能理解不可測的機運。同時也諷刺了讀書人以「遇」或「不遇」作爲人生主要的目標，是一種荒謬的世俗之見。

經典故事

從前周朝有個讀書人，一生想當官，卻都沒有得到賞識，現在他是個鬢髮都斑白的老人了，恐怕再也沒有做官的機會。這天他走在路上想著、想著，就在路邊哭起來。

有個路人經過，很詫異的問他：「您爲什麼哭泣？」老人拿起袖子抹抹眼淚，答道：「這輩子，我好幾次求官都得不到任用。現在想到自己已經年老，失去機會了，所以傷心落淚。」

那人又問：「那麼您爲什麼連一次都得不到賞識呢？」老人傷心的答道：「我年輕時苦讀經史，學習禮樂、典章等治國的方法，後來學問有成了，便想靠著本事謀個一官半職，沒想到當時的君王喜歡重用老年人，認爲老人的經驗豐富。君王死後，繼位的新君王喜歡重用武士，認爲武藝可以強國，我只好改學武了。誰知道我的武功剛剛學成，那位好武的君王又死了。現在，新的君王剛即位，最近聽說很喜歡重用年輕人，然而我已經老了。所以我一生從來不曾得到賞識，實在是生不逢時啊！」說完，又感傷起來。

路人聽了直搖頭，嘆道：「做官這件事是有機運的，不能強求。」

經典知識

相關成語：「生不逢時」、「懷才不遇」、「遭時不遇」。比喻人才遭遇坎坷，沒有遇到好的機會，以致於才能受到埋沒。

30. 隨聲逐響

（東漢・王符《潛夫論》）

經典原文

昔有司原氏①者，燎獵中野②。鹿斯③東奔，司原縱噪之④。西方之眾有逐豨者⑤，聞司原之噪也，競舉音而和之⑥。

司原聞音之眾，則反輟己之逐而往伏焉⑦。遇夫浴堊之豨⑧，司原喜，而自以獲白瑞珍禽⑨也。盡芻豢⑩、單囷倉⑪以養之。豕俯仰嚘咿⑫，爲作容聲⑬，司原愈益珍之。

居無何⑭，烈風興而澤雨作⑮，灌巨豕而堊塗渝⑯，豕駭懼⑰，眞聲出，乃知是家之艾猳爾⑱。此隨聲逐響之過也！

作者

王符（約八五年～一六二年），字節信，安定臨涇（甘肅鎮原）人，東漢的哲學家。少時好學，個性耿介不同於俗，仕途不順。一生隱居著書，著有《潛夫論》三十六篇，內容多指責時政得失，譴責當時貪暴的統治，反對迷信，言詞犀利。

題解

本文出自《潛夫論・賢難》。司原氏放棄可能到手的獵物，改而追隨別人的聲音，終於捕獲了一頭珍貴的白豬，然而他卻認假爲眞，將假的白豬當作珍貴的野獸飼養。故事提醒人倘若沒有主見、盲目的附和別人，可能導致判斷錯誤。

注釋

①司原氏：姓司原的人。
②燎獵中野：晚上點火在野外打獵。燎：音ㄌㄧㄠˋ。
③斯：語助詞，於是。
④縱譟：放聲喧叫。
⑤眾：許多人。豨：音ㄒㄧ，豬。
⑥譟：喧鬧、吵鬧。競：爭著。舉音：發出聲音。和：音ㄏㄜˋ，聲音相應。
⑦輟：音ㄔㄨㄛˋ，中斷。伏：埋伏。
⑧浴堊之豨：豬沾滿白土的泥，就像淋浴一樣，全身都是白灰。堊：音ㄜˋ，白土。
⑨白瑞珍禽：白色吉祥的珍貴野獸。
⑩盡芻豢：用盡了草料、穀物去飼養。芻：音ㄔㄨˊ，給動物吃草。豢：音ㄏㄨㄢˋ，吃穀物。
⑪單：音ㄉㄢ，同「殫」，用盡。囷倉：糧庫。囷，音ㄐㄩㄣ。
⑫豕：音ㄕˇ，豬。俯仰嘔咿：指身體俯仰屈曲，一副親暱諂媚的樣子。嘔咿：音ㄧㄡ ㄧ，狀聲詞。
⑬容聲：逢迎討好的聲音。
⑭居無何：過不久。
⑮烈風：暴風。澤雨：大雨。
⑯灌：澆水、淋水。堊塗渝：白灰被雨水沖刷而流失。塗：抹去。渝：改變。

⑰ 駭懼：害怕、恐懼。

⑱ 艾豭：老豬。艾：年老的。豭，音ㄐㄧㄚ，公豬。爾：如此，而已。

評析

司原氏本來是要獵鹿的，但中途聽見別人的叫聲，以為對方追逐的獵物更珍貴，於是埋伏得到了一隻白豬，當作珍貴的禽獸來飼養。誰知道這頭白豬其實是普通的豬，只是那天渾身滾了白泥自投羅網，被他誤認為稀有的品種，帶回去全力飼養。司原氏不知道那些人的喊叫，其實也是附和自己而來。

這則寓言點出「妄加推斷」所造成的錯誤。在事情沒有經過調查、了解以前，如果就跟在別人後面盲目附和、瞎起鬨，只會擾亂自己的判斷力，在這種情況下很容易上當受騙，以假為真，而鬧出有如「隨聲逐響」故事這樣的笑話。

從另一個角度想，「耳聽是虛，眼見為實」這句話，本來是說明「傳聞遠不如親眼看見可靠」，提醒人不要輕信傳聞，要「眼見為憑」。但是事物的現象有眞有假，視覺也很容易受到欺騙，只有深入問題的核心進行研究，才不致於被傳聞或自己的眼睛給誤導了。

經典故事

司原先生晚上點了火把在野外打獵，森林裡的鹿看見火光，很快的往東邊跑了，司原先生便放聲吼叫，打算將鹿趕過來。

這時西邊有一群追捕野豬的人，他們聽到司原先生的叫聲，以為也是獵豬的，

怕自己的獵物被捕走，便爭著高聲喊叫，附和司原先生的叫聲。司原先生聽到那麼多人的聲音，卻以爲他們是在追逐什麼珍貴的野獸，竟然放棄追鹿，而跑去那些人呼叫的地方埋伏著，想捕捉從西邊跑來的野豬。不久，果然讓他抓到一隻全身白毛的豬。

司原先生非常高興，以爲得到了白色的珍貴野獸，於是將白豬帶回家，用盡了最好的草料和穀物餵養，更不惜耗盡家裡的糧庫去飼養牠。平日那頭白豬經常昂首低頭，一副親暱諂媚的樣子對主人撒嬌，這讓司原先生更珍惜牠了。

過了一段日子，有一天，颱風忽然來襲，外頭刮起大風，下了豪雨，大量雨水沖到那頭白豬的身上，那身白毛遇到雨水就被淋溼了，泥水橫流，露出底下灰色的皮毛。豬很害怕，不禁叫出聲音來，司原先生才知道自己養的只是一般的老公豬，白毛不過是灰毛上沾了白色的泥而已。

這正是盲目的隨聲逐響所造成的錯誤啊！

經典知識

相關成語：「隨聲逐響」、「隨聲附和」、「吠影吠聲」。比喻人不明眞僞，不辨眞相，盲目的附和他人。

31. 杯弓蛇影

（東漢・應劭《風俗通》）

經典原文

予之祖父郴①，爲汲令②，以夏至日謁見主簿杜宣③，賜酒。時北壁上有懸赤弩④，照於杯，形如蛇。宣畏惡之，然不敢不飲。其日便得胸腹痛切⑤，妨損⑥飲食，大用羸露⑦，攻治萬端⑧，不爲愈⑨。

後郴因事過至宣家，窺視⑩問其變故。曰：「畏此蛇，蛇入腹中。」郴還聽事⑪，思維良久，顧視⑫懸弩，必是也。則使門下史將鈴下⑬，徐扶輦載宣於故處⑭，設酒。杯中故復有蛇，因謂宣：「此壁上弩影耳，非有他怪。」宣遂解，甚夷懌⑮，由是瘳平⑯。

作者

應劭，字仲遠，生卒年不詳，汝南南頓（今河南項城西）人。年少篤學，博覽多聞。東漢獻帝時擔任泰山太守，參與鎮壓黃巾起義，獻帝初平二年（一九一年）大破黃巾軍三十萬。後來投奔袁紹，擔任軍謀校尉。著有《漢官儀》、《春秋斷獄》、《漢書集解音義》、《風俗通》，又稱《風俗通義》，對當時的社會風俗和迷信多所批判。

題解

本文出自《風俗通．怪神》。應郴請杜宣飲酒，掛在牆上的弓映在杜宣的酒杯裡，使杜宣以為杯中有蛇，懷疑喝下了蛇而心憂致病。應郴聽說此事，就去看望杜宣，讓杜宣看到牆上的弓以去其疑心。故事諷喻人不該疑神疑鬼，妄自驚擾。

注釋

①予：我。郴：音ㄔㄣ。
②汲令：汲縣（今屬河南）的縣令。
③謁見：本為下對上的進見，這裡做謙詞，指上對下的接見。謁，音ㄧㄝˋ。主簿：在縣裡負責文書等事務的官職。
④懸：掛。赤弩：紅色的弓。弩：ㄋㄨˇ，用機栝發箭的弓。
⑤其日：當天。痛切：指極其疼痛。
⑥妨損：妨礙、損害。
⑦大用羸露：大為衰弱。羸露：瘦弱露骨。羸，音ㄌㄟˊ。
⑧攻治萬端：用了許多方法治療。攻：治療。
⑨愈：音ㄩˋ，病情好轉。
⑩窺視：暗中探視。
⑪還聽事：回到辦公的廳堂。
⑫顧視：仔細觀看。
⑬門下史：門庭之下的官佐。將：音ㄐㄧㄤˋ，率領。鈴下：侍衛。
⑭徐扶輦：慢慢的扶著手推的車子。輦：ㄋㄧㄢˇ，以人力挽行、推拉的車。故處：原來的地方。
⑮夷懌：愉悅喜樂。懌，音ㄧˋ。
⑯.由是：自此以後。瘳平：病癒。瘳，音ㄔㄡ。

評析

心病還須心藥醫，每個人都有過疑神疑鬼的經驗，這種懷疑和恐懼心理造成的壓力，容易引起身心的疾病。只有深入思考問題，將眞相揭穿，才能解除恐懼緊張的心理狀態，使得疾病消除，恢復健康。

故事諷刺了被杯中蛇影給嚇出病來的杜宣，他代表一般人的經驗，老是喜歡捕風捉影，爲不存在的可怕事物所困擾，甚至影響到身體健康。當應郴調查並了解眞相後，得知杜宣得到的是心理病，就帶著他重新經歷同樣的情境，即時點破眞相，對症下藥，使病人「豁然意解，沉痾頓癒」，應郴的睿智令人佩服！

應郴追根究柢，注重調查研究，具有科學「求眞」的精神，終於揭開了「杯弓蛇影」的謎題，這與現代的心理治療方法有異曲同工之效。在生活中，我們無論遇到什麼問題，也應該透過調查研究分辨眞相，獲得解決的方法。

經典故事

應郴當汲縣的縣長時，和主簿杜宣經常往來。某個夏天，杜宣去應郴家作客，應郴請他喝了一杯酒，之後杜宣就不再來了，不久便傳出他生病的消息，這讓應郴感到十分疑惑。

這天應郴有事正好經過杜家，便前去探望杜宣，打算暗中瞭解究竟，卻見到杜宣奄奄一息的病倒在床上。他忍不住問杜宣：「你爲何臥病在床呢？」

杜宣臉色發青，遲疑了好一會才道：「前些日子去您家中，承蒙您請我喝酒。我端起酒杯正要喝下時，卻看見杯子裡有一條蛇在裡頭扭動。我嚇死了，又不敢不喝，只好將蛇喝進肚子裡去，回到家裡就病倒了。」

應郴想了很久，忽然想起辦公廳的牆上掛著一把紅色的弓，心想：「杯中的蛇，該不會是角弓的影子？」他連忙回家查看，那張青漆紅紋的弓掛在北面的牆上，遠看確實像極了一條蛇。應郴恍然大悟，立刻派門下史帶著侍衛，將杜宣用轎子載到家裡，然後在原來的地方再次爲他斟滿一杯酒，問杜宣：「你在杯中是否又看見了什麼？」

杜宣低頭一看，立刻驚叫出來：「就是這條蛇呀！」應郴忍著笑，指指牆上的弓說：「你抬頭看看那是什麼？」

杜宣看看弓，再看看杯中的蛇影，頓時豁然開朗，原來自己誤將杯底的弓影當成蛇了，從此之後，嚴重的心病就不藥而癒。

經典知識

相關成語：「杯弓蛇影」、「草木皆兵」、「風聲鶴唳」、「疑神疑鬼」。」比喻人因爲不存在的事情引起驚惶。

32. 一葉障目

（三國魏・邯鄲淳《笑林》）

經典原文

楚人居貧，讀《淮南方》①：「得螳螂伺蟬自障葉，可以隱形②。」遂於樹下仰取葉——螳螂執③葉伺蟬——以摘之。葉落樹下，樹下先有落葉，不能復④分別。掃取數斗⑤歸，一一以葉自障，問其妻曰：「汝見我不⑥？」妻始時恆答言⑦：「見。」經日⑧乃厭倦不堪，紿⑨云：「不見。」嘿然⑩大喜，齎⑪葉入市，對面取人物⑫，吏遂縛詣⑬縣。縣官受辭⑭，自說本末⑮，官大笑，放而不治⑯。

作者

邯鄲淳（一三二年～？年），一名竺，字子叔，或作子禮，潁川（今河南禹縣）人。博學多才，與曹植結爲好友。所作〈孝女曹娥碑〉，曾被蔡邕（ㄩㄥ）稱讚「絕妙好詞」，因而著名。著有《笑林》，爲古代笑話集，有些內容可視爲寓言。

題解

本文出自《笑林》。故事根據《鶡冠子．天則》：「夫耳之主聽，目之主明。一葉蔽目，不見太山；兩豆塞耳，不聞雷霆。」及《淮南子》：「得螳螂伺蟬自障葉，可以隱形。」加以改寫。敘述某人相信螳螂捕蟬可以用葉子隱形，於是找到許多葉子，想找出「隱形葉」，最後卻因此吃上官司，諷刺為了私利而自欺欺人的人。

注釋

①淮南方：又名《淮南子》，託名西漢淮南王劉安所著的書籍。此書思想內容接近道家，夾雜先秦各家學說，同時收錄許多古代著名的神話，如女媧補天、嫦娥奔月等，是研究古代哲學、政治、軍事、思想的重要典籍，也是探尋古代天文、地理乃至文學、神話、民俗的寶藏。

②「得螳螂」二句：得到了螳螂捕蟬時用來遮蔽的樹葉，可用來隱身。伺：偵察。障：音ㄓㄤˋ，遮蔽。

③執：拿著。

④復：再、又。

⑤數斗：比喻很多。

⑥不：音ㄈㄡˇ，否。句末疑問詞。

⑦恆：經常。

⑧經日：過了好幾天。

⑨紿：音ㄉㄞˋ，撒謊。

⑩嘿然：默默無言的樣子。嘿：默。

⑪齎：音ㄐㄧ，拿著。

⑫取人物：拿別人的東西。

⑬詣：音 ㄧˋ，到，往。
⑭受辭：聽取供詞。
⑮本末：事情的原委、經過。
⑯不治：不予治罪。

評析

《淮南子》中記載：「得螳螂伺蟬自障葉，可以隱形。」螳螂捕蟬時用葉子掩蔽身體，是出於狩獵的需要，原本很平常，但迷信方術的楚人竟然信以爲眞，去樹下找葉子，還動了歪腦筋想靠葉子隱形致富，做出自欺欺人的事。

故事諷刺楚人居貧而不能守志，心生邪念。但作者更想諷刺的是楚人的迷信思想。楚人對書裡的迷信記載信以爲眞，由無知產生了愚蠢的行爲，竟然不懂拿葉子遮眼睛是使自己看不見別人，而不是讓別人看不見自己。透過楚人的動機、撿樹葉、做實驗、取物等行爲，故事生動形象的塑造了一個丑角，他的言行使人發笑，更引人深刻的思索。

我們在現實生活中，不也常見到像楚人這類的人嗎？他們完全忽視現實，在觀察和處理問題時，總是憑著自己主觀的想像，結果把事情越做越糟。這則寓言所揭示的就是人性自欺欺人的弱點。

經典故事

貧窮的楚人閒來無事，拿著《淮南子》讀了起來，看到書裡頭記載：「如果有

人得到螳螂捕蟬時遮蔽自己的樹葉，就可以用來隱身。」他靈機一動，竟跑到樹底下伸長了脖子張望，想找到那種樹葉。

不久，果然讓他發現一片螳螂遮蔽過的樹葉，他打算伸手摘下來，沒想到一不小心，樹葉竟然輕飄飄的掉落在地上。樹下原本就有許多落葉，這下子全混在一起，再也無法認出來了，楚人只好將所有的落葉收集起來全部帶走。

回家以後，爲了要找出能隱身的樹葉，楚人先拿一片葉子遮住自己，問妻子：「妳看得見我嗎？」一開始，妻子很配合丈夫，點點頭說：「看得見。」幾天過去了，楚人不斷做實驗，妻子終於被折騰得疲憊不堪，厭煩的說：「看不見了！」楚人暗自竊喜，急忙將那片葉子揣在懷裡，跑到市場去。到了鬧市，他舉著樹葉，旁若無人，伸手就拿攤販的東西往懷裡放。攤販氣得不得了，通知官府，楚人就被差吏當場抓住，押送縣衙。

楚人很驚訝，不懂自己爲什麼被抓？縣官審問，楚人只好說出事情的始末。縣官聽了供詞以後，忍不住笑罵：「你呀！眞是個迷信的書呆子！」狠狠訓斥他一番後就釋放了。

經典知識

相關成語：「一葉障目，不見泰山」、「斷章取義」。一片樹葉遮住眼睛，就無法看到眼前高大的泰山。比喻被片面或暫時的現象所迷惑，無法認清全面的問題。

33. 桑中生李

（東晉・葛洪《抱朴子》）

經典原文

南頓①人張助者，耕白田②，有一李栽③，應在耕次④，助惜之，欲持歸，乃掘取之，未得即去，以濕土封其根，以置空桑中⑤，遂忘取之。

助後作遠職⑥不在。後其里中人⑦，見桑中忽生李，謂之神。有病目痛者，蔭息⑧此桑下，因視之，言：「李君能令我目愈者，謝以一豚⑨。」其目偶愈，便殺豚祭之。傳者過差⑩，便言此樹能令盲者得見。遠近翕然⑪，同來請福⑫，常車馬填溢⑬，酒肉滂沱⑭，如此數年。

張助罷職⑮來還，見之，乃曰：「此是我昔所置李栽耳，何有神乎？」乃斫⑯去便止也。

作者

葛洪（二八四年～三六四年），字稚川，自號「抱朴子」，表明抱樸守質、不爲物欲所惑之志，是東晉時期的道教理論家、醫學家和煉丹術家。著有《神仙傳》、《西京雜記》、《抱朴子》內、外篇等。《抱朴子》的內容與神仙、人間得失、評論世事有關，對化學和製藥學的發展也有所貢獻。

題解

本文出自《抱朴子．道意》。張助的桑田無意間種了李樹，卻被盲目迷信的民眾當作樹神來崇拜、求治病，諷刺了那些人云亦云的人，也反映了人們隨波逐流的心態。作者意在說明人應該客觀深入的思考事情，而非盲目的相信。

注釋

①南頓：地名，今河南項城西。
②白田：未經開墾或已荒蕪的田地。
③李：指李樹。栽：栽種的樹苗。
④應在耕次：應在耕作的範圍內。
⑤置：廢棄。空桑：桑田的空地。
⑥作遠職：擔任遠方的職務。
⑦里中人：同里的人。
⑧蔭息：在樹蔭底下乘涼休息。蔭，音ㄧㄣˋ。
⑨李君：李樹。愈：音ㄩˋ，病情好轉。豚：音ㄊㄨㄣˊ，豬。
⑩傳者過差：傳話的人說得太過分，扭曲了事實。過差：過分，失度。
⑪遠近：指眾人。翕然：一致稱頌。翕，音ㄒㄧˋ。
⑫請福：向神明祈福。
⑬填溢：塞得滿滿的。
⑭滂沱：音ㄆㄤ ㄊㄨㄛˊ，本亦是雨勢盛大的樣子，這裡指祭拜的酒肉不斷。
⑮罷職：免除職位。
⑯斫：音ㄓㄨㄛˊ，砍伐。

評析

民間有許多迷信的現象，很多都是因爲人們不了解事情的眞相，或幻想得到某種幫助所導致。故事中那位得了眼病的人，如果他不拜樹神，眼病終究會痊癒，但是他將偶然病好的原因歸於李樹，就促成了「神樹」的存在，這哪裡是被李樹保佑的呢？

其實所謂的「神樹」，只不過是被人吹捧出來的，或是被人們想像出來的。它的「療效」終究無法得到專家的認同。後來張助果斷的破除了迷信，還原眞相，透過張助的作爲，襯托出那些迷信的人是多麼愚昧無知。

類似「桑中生李」的事情，在我們的生活中隨處可見，比如說出於利益的動機，而將某個人或物「造神」，變成「明星」，使他們的形象獲得大眾的崇拜，進而獲得利益。這則故事諷刺不經思考就盲從的人，提醒我們，遇到從來沒經歷過的現象時，應該先從客觀的角度觀察，以冷靜的頭腦仔細分析，不要隨波逐流。

經典故事

南頓人張助在荒田裡耕種莊稼，熱得揮汗如雨，正要放下鋤頭時，發現一株李子的樹苗就在耕作的田地裡，看來有點突兀。張助很愛惜樹苗，想帶回家，就決定將它挖出來。但是準備開挖時，他正好有事先行離開，就用濕土將樹苗的根包起來，放在桑田中間的空地上，打算等會再回來取，沒想到就忘記取出來了。張助後來前往遠方任職，很久都沒有回到故鄉。

某一天，有個同村的人看見張助的桑田中間，忽然生出李樹，感到非常驚異，以爲那是「樹神」。正好有個得眼病的人也經過桑田，在李樹的樹蔭底下乘涼。他搗著疼痛的眼睛，對李樹禱告：「樹神啊！如果能讓我的眼睛痊癒，我就獻上一頭豬感謝您。」眼痛這種小病不久就好了，他果然實踐諾言，殺了一頭豬帶到李樹下祭拜，作爲答謝。

很多人便你一言、我一語，將這件事情傳揚開來了，有人還加油添醋說：「李樹使瞎子重見光明。」於是，所有的人不分遠近都前來祭拜請求，這些人停在樹旁的車輛將道路塞得滿滿的，祭拜用的酒肉很快就堆成了小山。就這樣過了好幾年。

等到張助卸除了職務回到故鄉，聽說李樹的傳聞，再看見村民祭拜的情形，不禁好氣又好笑說：「這棵李樹只是我當年隨便種的，哪有什麼神靈呢？」於是派人砍掉李樹，這種迷信的情況才停止。

經典知識

相關成語：「以訛傳訛」、「人云亦云」、「吠影吠聲」。比喻將不正確的訊息繼續傳播下去，以致於離事實越來越遠。

34. 大鰲與群蟻

（十六國前秦・苻朗《苻子》）

經典原文

東海有鰲焉①，冠蓬萊而浮游於滄海②，騰躍而上則干雲③，沒而下潛於重泉④。

有紅蟻者，聞而悅之，與群蟻相要乎海畔⑤，欲觀鰲焉。月餘日，鰲潛未出。群蟻將反⑥，遇長風激浪，崇濤萬仞⑦，海水沸⑧，地雷震⑨。群蟻曰：「此將鰲之作也。」

數日，風止雷默⑩，海中隱如岳⑪，其高概天⑫，或游而⑬西。群蟻曰：「彼之冠山⑭，何異我之戴粒⑮？逍遙封壤之巔⑯，歸伏乎窟穴也⑰。此乃物我之適⑱，自己而然⑲，我何用數百里勞形而觀之乎⑳？」

作者

苻朗，字元達，生卒年不詳，南北朝前秦的將領，氐族，是前秦皇帝苻堅的堂兄之子。擅長文學，手不釋卷，被苻堅稱爲「吾家千里駒也」。著有《苻子》六卷，其思想與道家《老子》、《莊子》的觀點相近，收錄了許多寓言傳說。

題解

本文出自《苻子》，收錄在《玉函山房輯佚書》。描述群蟻打算在海邊觀鰲，當鰲出現的時候掀起滔天巨浪，氣勢盛大，但群蟻卻不覺得偉大，牠們寧願生活在自己原有的環境。故事諷刺自大和不求進取的人，從另一個方面看，也蘊含了莊子「萬物同一」、「逍遙自在」的啟發與聯想。

注釋

① 鰲：音 ㄠˊ，傳說海中的大龜。
② 冠：音 ㄍㄨㄢˋ，戴帽子。蓬萊：傳說海上的仙山。浮游：漂浮游動。滄海：大海。
③ 騰躍：上衝跳躍。干雲：沖犯到雲彩。
④ 沒：沉入水中。重泉：深水的區域。
⑤ 要：音 ㄧㄠ，同「邀」，邀約。海畔：海邊。
⑥ 反：回去，同「返」。
⑦ 長風：大風。崇濤：高大的波濤。萬仞：山勢很高。
⑧ 海水沸：形容波濤翻滾。
⑨ 地雷震：形容大浪拍打在岸邊發出的聲音，像打雷般震動大地。
⑩ 默：安靜無聲。
⑪ 隱如岳：隱約有座高大的山。
⑫ 概天：齊天。
⑬ 而：至，到。
⑭ 冠山：頭頂著山，像戴帽子。
⑮ 戴粒：頭頂著小米粒。
⑯ 逍遙：自由自在，不受拘束。封壤：螞蟻窩。巔：最高的。

⑰ 歸：回來。伏：趴著。窟穴：螞蟻窩。
⑱ 物我之適：萬物在自然中適得其所。
⑲ 自已而然：自來就是這樣。
⑳ 何用：為什麼。勞形：勞累身體。

評析

螞蟻面對遲遲現身的大鰲，原本滿心想觀看牠出海的「精彩表演」，然而當牠們看不到自己想要的「表演」，很快就失去耐性，打算繼續封閉在自己的世界裡。其實不是大鰲無趣，而是螞蟻的眼界太小，不懂得鰲的奇偉，也不懂鰲在一鳴驚人以前，必先潛藏許久的道理。

作者也對安於現狀、不思進取的人，做出辛辣的諷刺。大鰲與螞蟻是鮮明的對比，大鰲頭頂著蓬萊仙山，在無邊無際的大海中自顧自的自在遨遊，牠能輕鬆駕馭驚濤駭浪，也能掌握仙山瓊樓，其形象是開闊、壯碩的。相比之下，螞蟻生存在蟻窩和土堆之間，頭頂著飯粒，只要顧到吃飯和玩樂就好，形象淺薄無知。

那些驕傲的人猶如這群螞蟻，總是喜歡透過貶低別人，抬高自己，他們的眼界狹窄而不自知，他們的言行只是突顯了自己的保守與落後，就像生活中常聽見的「雜音」，而真正有才華、能力的人，對這些聲音都是過耳不留的。

經典故事

傳說東海有一隻神祕的大鰲，頭上頂著蓬萊仙山，模樣就像戴了一頂帽子，自

在的在大海裡漂浮游動。當牠騰躍而上，可以碰到天上的雲彩；淹沒下潛時，就能到達最深的水底。

有隻紅螞蟻聽說大鰲將在大海現身了，很興奮，邀請了許多螞蟻同伴到海邊去觀看大鰲。結果等了一個多月，大鰲卻始終潛伏在水底沒有出來。想觀看大鰲「表演」的螞蟻們空歡喜一場，於是準備回家。

這時，海面上狂風大作，浪頭忽然捲起了足足五尺那麼高。海水彷彿沸騰似的。怒濤拍打在岸邊岩石發出來的聲響，就像打雷一樣震動大地。驚慌竄逃的螞蟻們議論紛紛：「大鰲馬上要浮出海面了！」有的說：「那我們再等等看吧！」

幾天以後，狂風停止了，雷聲也寂靜了，大地變得沉默無聲，只見幽深的海裡隱隱約約有座跟天一樣高的山，慢慢向西方游去了。

螞蟻們覺得很無趣，說：「牠頭頂著山，跟我們頂著飯粒有什麼兩樣？我們每天逍遙的爬到蟻窩土堆的頂端，回家就趴在窩裡，在自然界自得其樂，爲什麼還要跑到百里之外觀看那隻大鰲呢？」

經典知識

相關成語：「妄自尊大」、「自鳴得意」、「驕衿自大」。比喻人驕傲自大，自命不凡的態度。

35. 后羿射不中

（十六國前秦·苻朗《苻子》）

經典原文

夏王使羿①射於方尺之皮②，徑寸之的③。乃命羿曰：「子射之，中④，則賞子以萬金之費⑤；不中，則削子以千里之邑⑥。」羿容無定色⑦，氣戰於胸中⑧，乃援⑨弓而射之，不中，更射之，又不中。夏王謂傅⑩彌仁曰：「斯⑪羿也，發無不中！而與之賞罰，則不中的⑫者，何也？」

傅彌仁曰：「若⑬羿也，喜懼爲之災，萬金爲之患矣⑭。人能遺⑮其喜懼，去其萬金，則天下之人皆不愧於羿矣⑯！」

作者

苻朗。

題解

本文出自《苻子》。神射手后羿在夏王面前射箭，卻因爲患得患失而射不中。故事諷喻人們做

事時如果顧念太多，心理素質不好，就無法發揮應有的水準。同時也間接提醒統治者應該適度的善用賞、罰，而不是造成人民的心理負擔。

注釋

① 羿：音 ㄧˋ，指后羿，傳說是夏王太康時東夷族的首領，著名的射箭手。
② 方尺之皮：用一尺見方的獸皮所做的箭靶。
③ 徑寸之的：直徑為一寸的靶心。
④ 中：音 ㄓㄨㄥˋ，動詞，射中。
⑤ 費：款項。
⑥ 削：刪除，分割。邑：音 ㄧˋ，古代人們聚居的地方，大的是都，小的是邑。此指刪減夏王分封給后羿的土地。
⑦ 容無定色：臉色驚懼，變化不定。
⑧ 氣戰於胸中：因緊張而呼吸急促。戰：害怕、發抖。
⑨ 援：拉，引。
⑩ 傳：古代官職。
⑪ 斯：此，這個。
⑫ 的：音 ㄉㄧˋ，箭靶的中心。
⑬ 若：好像，就像。
⑭ 「喜懼」以下二句：高興和恐懼成了他的災難，萬兩黃金成了他的禍患。
⑮ 遺：拋棄，去除。
⑯ 不愧於羿：不會比后羿的本領差。不愧：當之無愧。

評析

后羿是古代傳說射箭技術高超的人，有一次他在射箭時，聽聞夏王許諾萬金和剝奪封地兩個天差地別的條件後，就射不中了，因爲他有了患得患失的心理，射中靶心固然可以得到萬金，但更令人驚懼的，是射不中會賠上所有身家。

太過重大的得失就押在這場射箭表演，不禁令后羿亂了方寸，而發揮不出平時的水準。他射了一箭，不中，使恐慌加劇，第二箭更不可能命中。這告訴我們人的心理素質有多重要，唯有修鍊內在、鍛鍊良好的心理素質，拋去外在的包袱，我們才能放手去做，發揮出最大的潛力。

想提高心理素質，首先就要從抗壓力和情緒管理開始做起，在做任何事以前先定好目標，但不必期望過高，即使過程中受委屈、感到痛苦，也要儘量堅持下去。同時也必須學習管理負面情緒、控制情緒，進一步調整情緒。只要站在不同的角度思考問題，就可以讓我們的心靈更成熟、更豁達，寵辱不驚。

經典故事

后羿持弓與拉弦的手高高舉起，他將右手肘與箭管成一直線，對準靶心，靶子是用僅僅一尺見方的獸皮製成的，極容易失了準頭。這時候，時間與空間彷彿靜止似的，等到弦線和靶心重疊於同一點，后羿便將弓拉滿，屏氣凝神，準備射出。

在將射未射之際，一旁觀看的夏王忽然說話了：「你射中的話，就賞你一萬兩黃金；射不中的話，就剝奪你擁有的封地。」

后羿聽了，緊張起來，原以爲這只是單純的射箭表演，誰料竟然牽扯到自己的全副身家，伴君如伴虎，君王的喜怒果然不可預測。后羿的臉色不定，呼吸急促，胸膛起伏著，怎樣也平靜不下來。

於是，后羿射出了第一箭，卻沒有中。這下慌了手腳，他很快的拉開了弓，射出第二箭，又沒有中。后羿冷汗涔涔而下，只得放下弓箭，垂首站立在一旁等候發落。

夏王皺著眉，轉頭問大臣彌仁：「這后羿平時射箭百發百中，爲什麼今天連射兩箭都脱靶了呢？」

彌仁行禮說道：「后羿是被患得患失的情緒給害了。高興和恐懼成了他的災難，萬兩黃金成了他的禍患，大王定下的賞罰條件是他心中的包袱，所以表現失常。如果人們能夠排除患得患失的情緒，把厚賞重罰置之度外，加上刻苦的訓練，那麼，天下的人都不會比后羿差的！」

經典知識

相關成語：「患得患失」、「寵辱不驚」。形容擔心得不到，得到又害怕失去，對個人的得失看得很重。

36. 公輸刻鳳

（北齊・劉晝《劉子》）

經典原文

公輸①之刻鳳也，冠距②未成，翠羽未樹③，人見其身者，謂之「鶢鶋④」；見其首者，名曰「鴮鸅⑤」。皆訾⑥其醜而笑其拙。及鳳之成，翠冠雲聳⑦，朱距電搖⑧，錦身霞散⑨，綺翮焱發⑩。翽然一翥⑪，翻翔雲棟⑫，三日而不集⑬。然後贊其奇而稱其巧。

作者

劉晝（五一四年～五六五年），字孔昭，渤海阜城（今河北交河）人。家貧，但好學不倦，屢試不第，爲南北朝時期北齊的文學家。著有《劉子》十卷，又稱《劉子新論》，是一部雜學著作，內容收了許多傳說故事，都帶有寓言的性質。

題解

本文出自《劉子・知人》。公輸般正在刻鳳，作品還沒完成以前，人們就開始評論，橫加非議，甚至極盡嘲笑之能事。等到公輸般的作品完成後，人們才對其技藝的神奇讚不絕口。故事主要諷刺

那些只看片面就妄加批評的人。

注釋

①公輸：指公輸般，又稱魯班，春秋時魯國人，是有名的工匠，被後世的土木工匠奉為祖師。
②冠距：鳳凰的鳳冠和腳爪。距：公雞、雄雉等腳上蹠骨後上方，有突出像腳趾的部分，中有硬骨，外包角質，打鬥時可做武器。
③翠羽未樹：指鳳凰翠綠色的羽毛還沒被刻出來。樹：建立。
④鸏鴺：音ㄇㄥˊ ㄔˊ，古代一種屬鳩類的鳥，白色，外型像鷹。
⑤鶚鸅：音ㄨˋ ㄓㄜˊ，又名鵜鶘（ㄊㄧˊ ㄏㄨˊ）。體型比鵝大，羽毛灰白帶紅，頷下有喉囊，可以儲存食物，動作敏捷，是捕魚高手。
⑥訾：音ㄗˇ，詆毀，毀謗。
⑦雲聳：像雲彩一樣聳立。
⑧朱距電搖：紅色的腳爪像電一樣閃動。
⑨錦身霞散：身上鮮豔美麗的花紋像霞光散發。
⑩綺翮焱發：綺麗的翅膀展開來像火花一樣。翮，音ㄏㄜˊ。焱：音ㄧㄢˋ，火花，火焰。
⑪翽然：鳥飛聲。翽，音ㄏㄨㄟˋ。翥：音ㄓㄨˋ，高飛。
⑫翻翔：用翻滾迴旋的姿態飛翔。雲棟：聳入雲天的樓房。
⑬不集：不和其他的鳥一起聚集棲息。

評析

不論是人才的成長或是完成一件事情，都需要一段「醞釀期」和「準備期」，如同故事中的鳳凰，在成爲鳳凰以前，可能會受到許多詆毀和壓力，但是如果你是一隻「眞正的」鳳凰，就算出身在鵪鶉窩裡，終究會散發出鳳凰的美麗。

那些批評公輸般的人，只會在他刻鳳過程的某個階段，從自己的主觀角度觀察和評論，他們只看到雕刻的過程，卻沒有看到結果；只見到局部，而沒見到全體，就輕率的做出片面的結論，對當事人很不公平。

如果我們遇到像公輸般類似的處境，可能苦讀多年，但考試還沒看見成果；企劃多時，績效還沒顯現出來；喜歡一個人很久了，但他（她）還不明白自己的心……，這時不必急著解釋，對於別人不合事實的批評，最好的「回答」就是像公輸般那樣，以實際的行動與成果，證明自己如同光輝燦爛的鳳凰。

經典故事

公輸般是魯國有名的工匠，此刻正專注的在木頭上雕刻鳳凰。在他工作時，各種吵雜的聲音充塞了四周，總是不能干擾他的心神。

此刻，他手中鳳凰的鳳冠和腳爪還沒雕成，翠綠色的羽毛也還沒刻好，有人看見牠的身體，就說牠長得像鸛鶉；看見了頭，就笑牠是鵪鶉。所有人都嘲笑鳳凰的模樣太醜了，甚至譏笑公輸般的手藝太笨拙。

噪音繼續作響，然而公輸般沒有爲自己多做辯解，他仍然努力雕刻著他的鳳凰。終於，鳳凰刻好了，只見牠頭上翠綠的鳳冠像雲彩一樣高高聳立，紅色腳爪像電似的閃動，鮮豔美麗的彩色花紋散發著霞光，綺麗的翅膀展開來就像火花那樣燦爛。牠「蹁」的一聲，從公輸手上騰飛而出，在聳入雲天的樓房翻飛，整整三天，都不與群鳥一同降落棲息。

從此以後，人們又開始稱讚鳳凰的神奇和公輸般的手藝了。

經典知識

相關成語：「公輸刻鳳」、「有眼不識泰山」、「狗眼看人低」。比喻人見識淺薄，認不出地位高、本領大的人或事物。

37. 車翻豆覆

（隋・侯白《啓顏錄》）

經典原文

隋時有一癡人①，車載烏豆入京糶之②，至灞頭③，車翻，覆豆於水，便棄而歸，欲喚家人入水取。

去後，灞店上人競取將去④，無復遺餘⑤。比迴⑥，唯有科斗蟲⑦數千，相隨游泳。其人謂仍是本豆⑧，欲入水取之。科斗知人欲至，一時驚散。怪嘆良久，曰：「烏豆，從你不識我，而背我走去⑨；可畏⑩我不識你，而一時著尾子⑪？」

作者

侯白，字君素，魏郡臨漳（今河北臨漳）人，生卒年不詳，是隋初的文學家，曾經擔任儒林郎，參與編修國史。爲人詼諧，著有《啓顏錄》，是在邯鄲淳《笑林》之後較早的笑話集，其中有許多內容本身就蘊含寓言性質，幽默且具有寓意。

題解

本文出自《啓顏錄》。有個傻子載了滿車的黑豆，不愼翻車，豆子落入水裡，於是決定回家找人來救，等他返回，黑豆已經被別人拿走了，水中只剩下蝌蚪，他還說是黑豆僞裝的。故事諷刺人對不懂的事物抱持自欺欺人的態度。

注釋

①癡人：呆子，傻子。
②烏豆：黑色的大豆。糶：音ㄊㄧㄠˋ，賣出糧食。
③灞頭：灞水邊的地名，在今陝西中部。灞，音ㄅㄚˋ。
④灞店：小鎮名，在灞水邊。競：爭著。將：拿。
⑤無復遺餘：幾乎沒有遺漏掉的。
⑥比迴：等到返回。比：音ㄅㄧˋ，及，等到。
⑦科斗蟲：蝌蚪。
⑧本豆：本來是豆。
⑨背：音ㄅㄟˋ，背棄。走：離開。
⑩可畏：令人敬畏。
⑪一時著尾子：忽然長尾巴。

評析

在現實生活中，確實有不少人會輕易否定和指責他們不認識或不熟的事物，好比寓言裡的傻子，看到從來沒見過的蝌蚪，不願意詳細研究，反而自作聰明的將蝌蚪當成是黑豆僞裝成的，不想面對黑豆被揀走的事實，只好自欺欺人。

這種人逃避現實的原因有二點，一是他沒有能力判斷是非，眞心的認爲蝌蚪就是黑豆。如果是這樣，那就是受到先天才智上的限制，「是不能也，非不爲也」。二是傻子覺得那些「黑豆」怪怪的，樣子明明不是黑豆，卻會游、會動，說不出來到底是什麼，卻找了藉口自圓其說，這就是自作聰明了。

我們對於自己不熟悉和不瞭解的事物，應該深入了解以後再給予評論，每當看見新事物或面對新的情況時，要拋去固有的成見才好，否則，很可能鬧出「車翻豆覆」的笑話來。

經典故事

有個傻子載了滿車的黑豆，打算進城做點買賣。沒想到走到灞頭的時候，車子竟然意外翻倒了，所有的黑豆全部都掉落在池塘中。

傻子嚇傻了，很心疼那些散落的黑豆，急得團團轉，他很想撿回來，但是豆子實在太多，怎麼樣都無法全部救回。於是傻子決定把車子丟在路邊，自己先跑回家去，叫家人和他一起回來下水找黑豆。

傻子走了以後，看見翻車的路人想撿現成便宜，他們爭著跳下水去，撈走了水裡的黑豆，幾乎沒有一顆剩下來。等到傻子帶著家人回來，低頭往水裡尋找，只見到水中有許多游來游去的蝌蚪。他看見黑黑的蝌蚪，以爲是黑豆，立刻跳下水去打撈；但蝌蚪看到有人下水，就嚇得立刻四處逃散了。

傻子覺得很奇怪，想了好久才說：「黑豆啊黑豆，我覺得可畏的不是你不認識我、背棄我逃走，而是你僞裝得叫人認不出來啊！怎麼忽然長起尾巴了？」

經典知識

相關成語：「愚不可及」、「愚昧無知」、「自欺欺人」。形容人的言論或行事愚笨到了極點而不自知。

38. 羆說

（唐．柳宗元《柳河東集》）

經典原文

鹿畏貙①，貙畏虎，虎畏羆②。羆之狀，被髮人立③，絕④有力而甚害人焉。楚之南有獵者⑤，能吹竹爲百獸之音⑥。寂寂持弓、矢、罌、火⑦，而即之⑧山。爲鹿鳴以感其類⑨，伺⑩其至，發火而射之。貙聞其鹿也，趨⑪而至。其人恐，因爲虎而駭之⑫；貙走而虎至。愈恐，則又爲羆，虎亦亡去⑬。羆聞而求其類，至，則人也。捽搏挽裂⑭而食之。

今夫不善內而恃外者⑮，未有不爲羆之食也⑯。

作者

柳宗元（七七三年～八一九年），字子厚，河東（今山西永濟）人，世稱「柳柳州」。唐代著名的文學家、哲學家，與韓愈共同提倡古文運動，並稱「韓柳」。是中國文學史上最早有意識創作寓言的作家，其寓言多在揭露和諷刺社會現實。著有《柳河東集》四十五卷，以寓言、傳記、遊記的內容最令人稱道。

題解

本文出自《柳河東集》。敘述獵人爲了獵捕鹿，而以模仿鹿鳴的方式引出小鹿，卻也因此陸續引出了貙、虎、羆等野獸，獵人因爲沒有更好的獵捕方法，最終成爲羆的腹中之物。故事是在諷刺那些沒有眞實本領的人。

注釋

① 貙：音 ㄔㄨ，是一種毛紋像狸的野獸，體型大如狗。
② 羆：音 ㄆㄧˊ，是一種能直立吃人的大熊。
③ 被：音 ㄆㄧ，同「披」。人立：像人一樣直立站著。
④ 絕：最。
⑤ 楚：古國名，在今湖北、湖南。獵者：獵人。
⑥ 吹竹：吹奏笛、簫等樂器。為：變成。百獸之音：野獸們發出來的聲音。
⑦ 寂寂：悄悄的。罌：音 ㄧㄥ，一種小口腹大的瓶罐。火：火種。
⑧ 即之：就到。
⑨ 感其類：感召牠的同類。
⑩ 伺：音 ㄙˋ，伺機，守候。
⑪ 趨：快跑。
⑫ 因為虎而駭之：就模仿老虎的叫聲來驚嚇牠。
⑬ 亡去：逃走。
⑭ 捽搏挽裂：將獵物揪住撲搏撕咬，使其四分五裂。捽，音 ㄗㄨㄛˊ，揪住。
⑮ 善：擅長。內：指充實本領。恃：音 ㄕˋ，依賴，依仗。外：指不實用的表面功夫。
⑯ 未有不：沒有不。為：音 ㄨㄟˊ，被，介詞。

評析

獵人的本事是打獵，靠主動出擊以捕得獵物。但故事中的獵人只會模仿各種野獸的聲音，去矇騙那些鹿、貙、虎等獵物過來自投羅網，可是一旦遇到眞正的強敵「羆」，就知道靠騙術是沒用的，獵人終究被「捽搏挽裂而食之」。

寓言敘述鹿、虎、羆、人的食物鏈故事，層層遞進，最後以「羆吃人」製造了強烈的戲劇性，提醒人們，那些沒有眞實本事、專門靠著矇騙技巧圖利的人，將來都會成爲羆的食物，這是對虛有其表而沒有本領的人，最佳的諷刺。

我們再聯繫創作的背景來看，安史之亂後，藩鎭勢力膨脹，朝廷不加強掌控軍權，反而爲了牽制藩鎭刻意扶植一些節度使，企圖以藩制藩，結果甲藩未平，乙藩又起，演變成更嚴重的威脅。柳宗元不贊成這樣的政策，因而創作這則寓言提醒唐代的統治者，倘若沒有強化國力，國家必將招致像獵人一樣的命運。

經典故事

鹿最怕的是貙，貙最怕的是虎，虎又特別怕羆。羆這種野獸的長相很嚇人，頭上披著長長的毛髮，能像人一樣站立。牠的力氣非常強大，會對人類造成嚴重的傷害。

傳說楚國的南方有個獵人，能吹奏竹笛以模仿各種野獸的聲音，他一向靠著模仿的絕技捕獲獵物。有一天，他悄悄拿著弓箭、裝火藥的罐子和火種來到山上埋

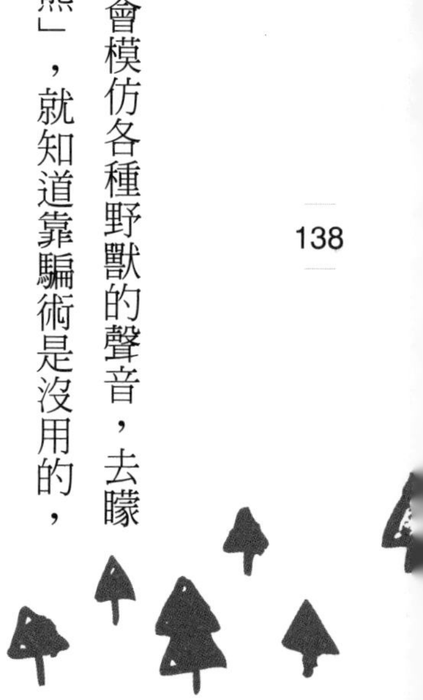

伏。他先模仿鹿的叫聲，引誘其他的鹿出來，然後守候著，等到鹿一出現，就用火種點燃箭矢，朝鹿的身上射去。鹿果然中箭了，忍不住便仰頭哀號起來。不遠的貙聽見鹿的叫聲，便迅速的跑過來了，打算吃掉鹿。獵人見到貙現身了，很害怕，於是就吹笛子模仿老虎的吼聲嚇唬牠。貙聽到假老虎的聲音，連忙夾著尾巴逃跑。沒想到老虎聽到同類的聲音，竟然趕過來了，老虎一吼叫，就震得四周的樹葉紛紛掉落下來。獵人更加驚恐，就再用竹笛吹出羆的叫聲，老虎也嚇得逃走了。

羆聽到竹笛模仿的聲音，也出來尋找同類，但是找到的卻是獵人，獵人嚇得腿都軟了，於是羆就揪住了獵人撲搏撕咬，很快就將他給撕得四分五裂，把他吃掉了。

現在那些不培養眞本領，而擅長做表面功夫的人，沒有不變成羆的食物的。

經典知識

相關成語：「虛有其表」、「外強中乾」、「名不符實」。形容人空有外表，卻缺乏實際的內涵。

39. 臨江之麋

（唐・柳宗元《柳河東集》）

經典原文

臨江之人①，畋得麋麑②，畜之③。入門，群犬垂涎④，揚尾皆來。其人怒，怛之⑤。自是日抱就犬⑥，習示之⑦，使勿動，稍使與之戲⑧。

積久，犬皆如人意。麋麑稍大，忘己之麋也⑨，以爲犬良⑩我友，抵觸偃仆⑪，益狎⑫。犬畏主人，與之俯仰甚善⑬，然時啖⑭其舌。

三年，麋出門，見外犬在道甚眾，走⑮欲與爲戲。外犬見而喜且怒，共殺食之，狼籍⑯道上。麋至死不悟。

作者

柳宗元。

題解

本文出自《柳河東集・三戒》。描述一隻小鹿因爲備受主人的保護，而失去警惕之心，認敵爲友，忘記自己和敵人（狗）之間的關係，失去主人庇護以後，便遭遇不測。諷刺了那些忘記自己的分際，依仗他人權勢作威作福的人。

注釋

①臨江：今江西省清江縣。
②畋：音ㄊㄧㄢˊ，打獵。麋麑：音ㄇㄧˊ ㄋㄧˊ，幼鹿。
③畜：餵養。之：指麋鹿。
④垂涎：流口水，比喻極想獲得。涎，音ㄒㄧㄢˊ。
⑤怛：音ㄉㄚˊ，恐嚇。
⑥日抱就犬：每天抱著，讓牠接近狗。就：靠近。
⑦習示之：經常讓牠看。
⑧稍：逐漸。使與之戲：讓狗與鹿一起玩耍。
⑨忘己之麋：忘記自己真的是鹿。之：是。
⑩良：真的，的確。
⑪牴觸：此指用頭頂撞。偃仆：音ㄧㄢˇ ㄆㄨ，倒下。
⑫益狎：更加親暱。狎，音ㄒㄧㄚˊ。
⑬俯仰甚善：一起玩得很好。
⑭啖：舔，嘴饞。
⑮走：跑過去。
⑯狼籍：形容凌亂不整。籍，音ㄐㄧˊ。

評析

這則寓言是柳宗元的《三戒》——麋、驢、鼠中的第一篇，是柳宗元被貶官到永州居住時所寫，主要藉著這三種動物的故事，來諷刺社會上的三種人。

「臨江之麋」諷刺的是「依勢以干非其類」的人，這些人倚仗他人勢力去討好別人，「出技以怒強，竊時以肆暴」，只知藉著主人的權勢作威作福，但最後終究「卒殆於禍」，難免遭到殺身之禍。依靠別人的庇護安然度日，是最不可靠的，一旦喪失了庇護，就可能招致可怕的傷害，讓我們想到，那些恃寵而驕、缺乏自知之明的人，結局往往像這樣以悲劇收場。

文章生動的描寫麋的可憐與可悲，描寫技巧細膩而逼真，先描述小鹿透過主人與狗群產生的友善互動，之後冷不防一筆，描寫狗群舔嘴唇貪饞的模樣，以作爲結局的伏筆，令人不寒而慄，是極高明的藝術手法。

經典故事

臨江有個獵人打獵時抓到了一頭小鹿，非常喜歡，就將牠帶回去養。

獵人才剛把小鹿帶進家裡，家裡的狗兒們就流著口水、搖著尾巴跑過來，想吃掉小鹿。獵人看到狗兒嘴饞的樣子很生氣，就斥喝狗，警告牠們不准再打鹿的主意。從那天開始，獵人天天抱著小鹿，讓牠接近狗，也希望讓狗習慣有鹿的存在，但命令狗兒不許輕舉妄動。在主人的安排下，漸漸的，狗便和小鹿一起玩耍遊戲了。

日子一天一天過去，狗兒倒都能遵照主人的意思和小鹿和睦相處。小鹿漸漸長大，卻忘了自己是一頭鹿，以爲狗眞的是牠的朋友，就和牠們互相用頭頂撞嬉戲、上下翻滾打鬧戲耍，越來越親暱。狗因爲很怕主人，不敢違抗主人的命令，就和小鹿玩得很開心，可是卻時常不由自主舔舔舌頭，流露出嘴饞的樣子。

三年後的某一天，鹿趁著獵人不注意，跑到門外去了，牠看見路上有許多狗，以爲那些狗都和家裡的狗一樣友善，就過去想和牠們嬉戲。外面的狗看到小鹿，不禁又高興、又興奮，就一起撲上去將鹿咬死，吃掉了，還將吃剩的皮毛骨頭散亂丟在路上。

然而，鹿到死都還不明白這是怎麼回事？

經典知識

相關成語：「至死不悟」、「執迷不悟」、「固執己見」。比喻人到死仍不覺悟，形容極爲頑固，不能通曉事理。

40. 雁奴

（北宋・宋祁《宋景文集》）

經典原文

雁奴①，雁之最小者也，性尤機警。每群雁夜宿，雁奴獨不瞑②，爲之伺察③。或微聞人聲，必先號④鳴，群雁則雜然⑤相呼引去。

後鄉人益⑥巧設詭計，以中雁奴之欲⑦。於是先視陂藪⑧雁所常處者，陰布⑨大綱，多穿土穴於其傍。日未入，人各持束緼⑩並匿穴中，須其夜艾⑪，則燎火穴外，雁奴先警，急滅其火。群雁驚視無見，復就棲焉。

於是三燎三滅⑫，雁奴三叫，眾雁三驚；已而⑬無所見，則眾雁謂奴之無驗⑭也，互唼迭擊之⑮，又就棲然⑯。

少選⑰，火復舉，雁奴畏眾擊，不敢鳴。鄉人聞其無聲，乃舉網張之⑱，率十獲五⑲。

作者

宋祁（九九八年～一〇六一年），字子京，安陸（今湖北）人。曾擔任翰林學士，負責史館撰修，是北宋著名的文學家、史學家，與歐陽修等人合修《新唐書》。卒諡「景文」，存有《宋景文集》，爲清人所輯，內容收有幾篇寓言，爲數不多。

題解

本文出自《宋景文集》。一群雁在沙渚夜宿，爲防獵人、狐狸襲擊，便留一隻雁奴負責警戒，發現情況就鳴叫報警。但獵人設陷阱陷害孤雁，導致孤雁的警報無效，受到群雁的攻擊，最後被獵人一網打盡。故事諷喻人要能明察是非。

注釋

①雁奴：雁群夜宿沙渚（ㄓㄨˇ），圍在大雁外圍以防備敵人或狐狸襲擊的孤雁，稱為「雁奴」。
②瞑：在這裡音ㄇㄧㄢˊ，同「眠」，睡。不瞑，不合眼睡覺。
③伺察：偵察，守候觀察。
④號：音ㄏㄠˊ，大叫。
⑤雜然：紛然、紛紛。
⑥鄉人：同鄉的人。益：更加。
⑦中：切中。欲：需要。
⑧陂：音ㄆㄧˊ，湖邊。藪：音ㄙㄡˇ，湖澤。
⑨陰布：暗中布下。
⑩束縕：捆縛用的麻繩。縕，音ㄩㄣˋ。
⑪須其夜艾：等天快亮時。須，等待。夜艾，夜盡。
⑫三燎三滅：焚燒了三次，又滅火了三次。燎，音ㄌㄧㄠˇ。
⑬已而：過了不久，然後。

⑭無驗：沒有根據。
⑮互唼迭擊之：互相輪流用嘴去啄牠。唼，音ㄕㄚˋ。迭，音ㄉㄧㄝˊ，輪流、更替。
⑯棲然：禽鳥宿於巢。
⑰少選：一會兒。少，音ㄕㄠˇ。
⑱舉網張之：舉網以捕捉鳥獸。
⑲率十獲五：大概十隻就能捉到五隻。率：大約，通常。

評析

經驗能爲我們帶來效率，但是過度依賴過去「雁奴誤報警報」的經驗，不相信火「三燎三滅」是有敵人偷襲，而失去警戒心，下場就是被敵人一網打盡。獵人用的是反間計，挑撥敵人互相猜疑，讓他們互相爭鬥，自己便可坐收漁翁之利。

三次失火又熄滅的「不正常現象」，其實很不尋常，然而雁群看見火光之後沒有其他動靜，就以爲安全無虞。事實上，在野外棲息原本就危機四伏，雁群在危險的環境中應該保持著警覺心，對可疑的現象進一步調查，思考背後是否可能反映了危機才是，只可惜雁群相信眼前安全的假象，還怪罪雁奴鳴叫，使積極負責的雁奴蒙受冤屈，也讓群雁陷入無可挽回的悲劇。

缺乏謹慎的調查，會破壞群體的團結和信任。俗話說：「堡壘最容易從內部攻破。」事出必有因，我們面對別人善意的提醒，應該認眞的重視，明辨是非，謹慎行事，不然可能會使群體遭受慘痛的傷害。

經典故事

雁群中最小的雁奴，天性機警。每晚，當雁群熟睡了以後，雁奴就徹夜不眠的在周圍守候，只要有一點點人類或狐狸的聲響，牠必定伸直了脖子大聲鳴叫，雁群就會互相叫喚警告大家逃走。

鄉里的人於是企圖設下巧妙的計謀，切中雁奴的要害，使牠掉入陷阱。首先，人們找到雁群經常棲息的湖邊和沼澤，暗中布下大網，並在附近挖好洞穴。白天趁著雁群不在，人們就將麻繩藏在洞穴裡，等到天快亮了，就在洞外將繩子點燃。雁奴看到火光，必定最先警覺，高聲呼叫，這時人們就立刻滅火，等到雁群驚醒以後，看不到什麼火光，就又睡覺去了。

就這樣，人們點了三次火，又熄滅了三次；雁奴鳴叫了三次，雁群也驚醒三次。每次雁群驚醒了，發現什麼事都沒發生，就開始責怪雁奴亂報警，吵到牠們的睡眠。到最後雁群氣極了，更輪番用嘴啄雁奴，然後再回去睡覺。這一切都看在獵人們的眼裡。

過一會兒，人們再一次點著了火，雁奴卻因爲害怕被群雁攻擊，而不敢再鳴叫示警。等到雁群睡成一片，四周圍靜悄悄的時候，人們就把大網撒下去，將雁群一網打盡，大概每十隻就能捉到五隻，幾乎沒有一個能逃過的。

經典知識

相關成語：「挑撥離間」、「搬弄是非」。比喻蓄意挑撥雙方或在他人背後亂加評論，以引起糾紛，目的是分化人們的感情，使人們互相猜忌，再從中獲利。

41. 恃勝失備

（北宋·沈括《夢溪筆談》）

經典原文

有人曾遇強寇①，鬥。矛刃方接②，寇先含水滿口，忽噀③其面，其人愕然④，刃已揕⑤胸。後有一壯士⑥，復與寇遇，已先知噀水之事。寇復用之，水才出口，矛已洞頸⑦。蓋已陳芻狗⑧，其機已泄⑨。恃勝失備⑩，反受其害。

作者

沈括（一〇三一年～一〇九五年），字存中，錢塘（今浙江杭州）人，是博學多才的科學家，對於數學、天文、物理、地理、藥物等領域均有貢獻。著有《夢溪筆談》，內容極爲廣泛，主要是自然科學的文章和見聞錄，也有部分是智慧寓言。

題解

本文出自《夢溪筆談·權智》。敘述一個強盜與人搏鬥時，總是想用同一招致勝，一開始他的

確得到勝利，但後來招數為人所知後，就失效了。故事諷喻人做事應該追求創新求變，倘若一成不變，時間久了將會失去功效。

注釋

①寇：盜匪，指外來的入侵者。強寇：強盜。
②矛：古代一種直刺兵器，長柄，有青銅或鐵製的利刃。刃：兵器銳利的部分。接：相觸。
③噀：音ㄒㄩㄣˋ，噴水。
④愕然：驚奇的樣子。愕，音ㄜˋ。
⑤揕：音ㄓㄣˋ，刺。
⑥壯士：豪壯勇敢的人。
⑦洞頸：刺穿脖子。洞：動詞，刺穿。
⑧蓋：推究原因。已陳：已經舊的。芻狗：祭祀乾草紮成的狗，指無用的。芻，音ㄔㄨˊ，禾莖、禾桿。
⑨機：機密。泄：音ㄒㄧㄝˋ，露出。
⑩恃：ㄕˋ，依靠、憑藉。備：防備。

評析

強盜失敗的原因，是因為同一招伎倆實在用了太多次，機密已經洩漏，日後想要依靠同樣的詐術，卻沒有提防敵人可能已經知道「噴水」的老套，就會招來災禍。反過來，強盜並不知道壯士已經看破他的招數了，所以壯士便利用這點，出其不意的進攻，最後得到勝利。

這故事告訴我們，做事應該避免一成不變，不能因為以前的經驗曾經帶來勝利，就食髓知味，一用再用。很多成功者的故事都說明：因循守舊不能帶領我們前進，想成功的話，得要不斷創新才能出奇制勝！

本文寫來層層遞進，寓理深刻。先用第一個人與強盜相鬥，被噴水的伎倆嚇到而落敗，後對照第二個壯士與強盜相鬥，以突顯兩者勝敗的關鍵是在「料敵機先」。同時，作者也對「噴水」蘊含諷刺，這種雕蟲小技一旦洩密就會失去效用，與其使用小詐術，不如先將眞本事練成，培養實力，才是最有效的做法。

經典故事

有一個人在路上遇到強盜攔路搶劫，他當然不肯乖乖的把錢拿出來，仗著曾經習過武藝，便拿著長矛和強盜的刀鬥了起來。

兩人的武器才剛剛相擊，強盜忽然從腰間拿起水壺，仰頭就喝，卻在口中偷偷含飽一口水，等鬥到緊張的時候，就噴在那人臉上。那人被噴得滿臉是水，十分驚愕，手上就慢了一下。強盜便趁機將手中的刀刺進那人胸口，立刻殺死了他，洗劫財物揚長而去。

無巧不成書，後來有個壯士也遇上同一個強盜，壯士也不肯把財物交出來，於是兩人二話不說就打鬥起來。這位壯士行走江湖多年，早就聽說強盜有「含水噴人」的一招，因此便加意防範。

鬥了好幾回合，壯士的武功不弱，將一根長矛使得虎虎生風，招招對準要害；強盜眼看一時難以取勝，不禁焦躁起來，想起上次取勝的伎倆，又使出老招來。然而他才剛剛將水噴出口，壯士的長子便已經刺穿了他的脖子，強盜當場血濺五步而死。

沈括知道這件事以後，感嘆的說：「唉，已經用過的老招數，機密早已洩漏，卻還仗著過去的勝利而不加以防備，反而會被這些老招數給害死啊！」

經典知識

相關成語：「恃勝失備」、「故技重施」。比喻仗恃成功的經驗，再次要弄老方法、老手段，就失去了防備之心。

42. 黠鼠

（北宋·蘇軾《蘇東坡集》）

經典原文

蘇子夜坐，有鼠方嚙①，拊②床而止之。既③止，復作④，使童子燭之⑤，有橐⑥中空，嘐嘐聱聱⑦，聲在橐中。曰：「噫⑧！此鼠之見閉⑨而不得去者也。」發⑩而視之，寂無所有，舉燭而索⑪，中有死鼠。童子驚曰：「是方嚙也，而遽⑫死耶？向⑬爲何聲，豈其鬼耶？」覆而出之，墮地乃走。雖有敏者，莫措其手⑭。

蘇子嘆曰：「異哉！是鼠之黠⑮也。」

作者

蘇軾（一〇三七年～一一〇一年），字子瞻，號「東坡居士」，眉山（今四川眉山）人。爲北宋的大文學家、書畫家，與父親蘇洵、弟弟蘇轍合稱「三蘇」，同屬「唐宋八大家」，擅長詩詞、書畫、散文、繪畫等領域。其運用寓言的動機，是爲了「託物以諷，庶幾有補於國」。有《蘇東坡集》。

題解

本文出自《蘇東坡集．黠鼠賦》。文中的「蘇子」是蘇軾的自稱。作者描述夜裡捕鼠，在過程中發現老鼠的智慧，並藉著老鼠利用人的疏忽乘機脫逃的小事，說明即使是萬物之靈的人類，也難免被狡猾的老鼠所欺騙，原因出在做事的態度是否專一。

注釋

①齧：音ㄋㄧㄝˋ，啃、咬。
②拊：音ㄈㄨˇ，拍。
③既：已經。
④復作：又開始。
⑤燭之：用蠟燭去照牠。燭：動詞，照亮。
⑥橐：音ㄊㄨㄛˊ，袋子。
⑦嘐嘐聱聱：音ㄒㄧㄠ ㄒㄧㄠ ㄠˊ ㄠˊ，狀聲詞。形容老鼠咬東西的聲音。
⑧噫：音ㄧˋ，表示驚嘆的聲音。
⑨見閉：被關住。見：被，在動詞前表示被動。
⑩發：打開。
⑪索：尋找。
⑫遽：音ㄐㄩˋ，突然。
⑬向：剛才。
⑭莫措其手：措手不及。
⑮黠：音ㄒㄧㄚˊ，狡猾。

評析

〈黠鼠賦〉，據說是蘇軾在十一歲時寫的，他細膩的觀察生活周遭所發生的事，並以小觀大，從中得到深刻的寓意。

故事裡的老鼠被關在袋子裡，袋子的外皮硬，不能鑽透，所以牠故意咬袋子製造聲音，引人打開，又故意裝死，趁人不備時逃脫。從童子與老鼠的互動過程中，蘇軾觀察到，連這樣小的生物都能想出好計謀，而有智慧的人類卻中了老鼠的計，那麼人的智慧在哪裡呢？如果老鼠象徵我們可能面對的「敵人」，那麼人們面對危機時，是否應該有所警覺與反思？

同時，蘇軾也對自己的專注力做了一番反省，他認爲老鼠製造一點噪音，他就受干擾了，代表讀書不專心，容易受到外界影響。當我們在觀察事物或閱讀時，也應該和蘇軾一樣，從各種角度進行反思才是。

經典故事

夜深了，蘇軾獨自坐著看書，忽然聽見床底下有老鼠鬼鬼祟祟的嚙咬，嘐嘐聱聱的，非常吵鬧。蘇軾忍不住拍擊床板，拍沒幾下，聲音就停止了。然而不久又發出聲響。

蘇軾被吵得受不了，沒辦法，只好命童子拿著燭火照亮床底下尋找老鼠，卻發現床下有一只袋子，老鼠的聲音就是從裡面發出來的。

童子開心的說：「啊！這隻老鼠被關住就不能離開了。」他打開袋子看，裡面卻空無一物，再舉起蠟燭仔細檢查，才發現袋子裡有一隻死老鼠，直挺挺的躺在裡頭，看起來已經死去很久了。

童子很驚訝說：「我明明聽見老鼠在叫，怎麼會突然死了？剛才是什麼聲音？難道是鬼嗎？」他把袋子翻過來，死老鼠便骨溜溜的滾出來，沒想到牠一落地，就跳起來逃走了，動作異常迅速，再敏捷的人也措手不及。童子驚訝得手足無措。

蘇軾看見了，嘆氣道：「眞奇特啊！這是老鼠的計謀。」

經典知識

相關成語：「聲東擊西」、「趁人不備」、「掩人耳目」。比喻虛張聲勢，使人產生錯覺，實則把主力放在別人沒有防備之處，然後趁機偷襲。

43. 烏戒

（北宋．晁補之《雞肋集》）

經典原文

烏於禽甚黠①，伺人音色小異②，輒③去不留，非彈射④所能得也。關中民狃烏黠⑤，以爲物無不以其黠見得，則之⑥野，設餅食楮錢哭塚間⑦，若祭者然⑧。哭竟⑨，裂錢⑩棄餅而去。烏則爭下啄，啄且⑪盡，哭者已立他塚，裂錢棄餅如初。烏雖黠，不疑其誘也，益⑫鳴搏爭食。至三四，皆飛從之，益狎⑬。迫⑭於網，因舉⑮而獲焉。

今夫世之人，自謂智足以周身⑯而不知禍藏於所伏⑰者，幾何其不見賣⑱於哭者哉！

作者

晁補之（一〇五三年～一一一〇年），字無咎，號「歸來子」，巨野（今山東）人。他十幾歲就受到蘇軾的賞識，成爲蘇軾的學生「蘇門四學士」之一，也是宋代著名的文學家。著有《雞肋集》七十卷，其中有不少寓言皆在嘲諷迂腐之事。

題解

本文出自《雞肋集》。烏，是烏鴉；戒，是戒備。藉著評論烏鴉以狡猾的天性防備敵人，敵人卻利用牠們的天性一舉捕獲的故事，揭示「聰明反被聰明誤」的道理。人們往往倚仗自己的長處，對危機疏於防備，然而長處也可能被轉化爲弱點，成爲打擊自己的利器。

注釋

①黠：音ㄒㄧㄚˊ，狡猾。
②伺：音 ㄙˋ，窺看、窺伺。音色小異：指烏鴉察言觀色，善於觀察人的微小動靜。
③輒：音 ㄓㄜˊ，就。
④彈射：利用彈力射出丸石，以擊中目標。
⑤狃烏黠：熟悉了烏鴉的狡猾。狃，音ㄋㄧㄡˇ，熟悉。
⑥之：往，到。
⑦楮錢：紙錢。楮，音 ㄔㄨˇ。塚：音 ㄓㄨㄥˇ，墳墓。
⑧若祭者然：像祭拜的人一樣。
⑨竟：完畢。
⑩裂錢：分散紙錢。
⑪且：將要。
⑫益：更加。
⑬狎：音ㄒㄧㄚˊ，輕慢，輕忽。
⑭迫：靠近。
⑮舉：全部。
⑯周身：保全性命。

⑰伏：隱藏、埋藏。
⑱見賣：被出賣。

評析

作者在文章結尾提出了他的感嘆，他說：「如今，人們認爲靠自己的智慧就能保全自身，卻不知道災禍就埋伏在其中，這些人幾乎都看不見僞裝成哭號者的敵人的存在啊！」給了我們重要的省思。

所有重大的災禍發生前，往往隱藏了線索，不容易被人察覺，但是只要有心觀察，還是能找得出問題的所在。烏鴉儘管狡猾，但人們早已看透了牠們的習性，因此故意僞裝成祭拜的人，好騙牠們來爭食祭拜剩下來的食物，如此反覆再三以後，終於使烏鴉失去防備之心而被捕獲。

舉日本福島核災爲例，看似安全無虞的日本福島核電廠，位置就在海邊，本來有防震設施，不料二〇一一年日本東北太平洋近海發生九級大地震，遠超過專家的預估。地震引發的海嘯使海水倒灌，造成核電廠損毀，當地人害怕輻射，只好遠離家園。這些都說明，人類常自以爲聰明，而不知危機往往就潛伏在問題裡。

經典故事

烏鴉是鳥類中最狡猾的，很懂得觀察人類的聲音動態，只要人們有一點微小的動靜，烏鴉就會飛走，不敢稍作停留，牠們並不是用彈弓射擊就可以捉到的。關中地區的百姓摸透了烏鴉狡猾的性格，知道除非利用烏鴉本身的狡猾，否則

很難捉到牠們。於是，人們到野外布置了一些餅乾和紙錢，再到墳墓上假裝哭號，裝作那些前來祭祀的家屬。哭完以後就撒下紙錢，將祭餅棄置在墳地，然後離開。

烏鴉看到有食物，都爭著飛下來啄食，眼看著就要將食物一掃而空，那些哭號的人已經站在另一邊的墳地上，又像剛剛那樣撒下紙錢、留下祭餅而去。

烏鴉雖然狡猾，卻不會懷疑這是引誘牠們的陷阱，更加爭先恐後的鳴叫，爭鬥搶食。就這樣重複了三、四次後，烏鴉們開始跟在人們後面飛來飛去，牠們越來越接近，逐漸疏忽防備。等到烏鴉靠近捕網處時，獵人就張開大網，一舉將烏鴉們捕獲到手。

晁補之對這種現象有感而發，他說：「世人以爲憑智慧就能保全自身，卻沒發現自己的處境危機四伏，他們大概都看不清會被這些騙人的哭號者給出賣啊！」

經典知識

相關成語：「誘敵深入」、「敵暗我明」、「不疑有他」。比喻將敵人引誘深入到對自己有利的地方。

44. 應舉忌落

（宋・范正敏《遁齋閒覽》）

經典原文

柳冕秀才性多忌諱①。應舉②時，同輩與之語，有犯③「落」字者，則忿然見於詞色④；僕夫⑤誤犯，輒加杖楚⑥。常語「安樂」爲「安康」。

忽聞榜出，亟⑦遣僕視之。須臾⑧，僕還，冕即迎問曰：「我得否乎？」

僕應曰：「秀才『康』了也！」

作者

范正敏，一作陳正敏，號「遁翁」，生卒年不詳，北宋末年曾擔任福州長溪縣令。著有《遁齋閒覽》十四卷，他將自己平日的所見所聞，分爲十門類，成爲小說，其中的〈諧噱篇〉，風格詼諧滑稽，幽默有趣，頗具有寓言的性質。

題解

本文出自《遁齋閒覽》。敘述一個秀才爲了考中進士，爲自己和他人設下了許多言語忌諱，他認爲只要不說某些不吉利的字眼，就可以順利高中，只可惜事與願違。故事對「忌諱」的荒謬進行了辛辣的諷刺，說明培養實力才是成功之道。

注釋

①忌諱：避忌、隱諱某些不吉利的言語或舉動。
②應舉：參加科舉考試。
③犯：侵害、衝撞。
④忿然：憤怒。忿，音 ㄈㄣˋ。見於詞色：顯現在言詞和態度。
⑤僕夫：駕車的人，僕人。
⑥杖楚：用拐杖、荊條鞭打。楚：荊條。
⑦亟：音 ㄐㄧˊ，急忙。
⑧須臾：一會兒。臾，音 ㄩˊ。

評析

語言禁忌，是一種特殊的心理現象，人們會因爲某種原因，而對某些語言表現出迴避的態度，反映人們對某些神祕力量的畏懼。久而久之，禁忌就成爲社會上人際交往的禮俗，有些人相信如果不小心觸犯某種禁忌，就會受到懲罰，比如送人禮物忌諱送「時鐘」，因爲諧音是「送終」，反映了迷信心理。

忌諱經常形成不成文的「規矩」，例如剛進公司上班的菜鳥，被同事叮嚀「不能提到自己家庭幸福」，因爲長官不久前才離婚；也不要說出「梨」字，會聯想到「離」，怕刺激長官不愉快的聯想。凡此種種，都令人不勝其擾。

考試應該是憑自己的才學和努力、考運和主考官的重視，才會順利高中，絕不是靠著忌諱說出某個字眼，就能達到目的。故事中的秀才這樣忌諱有什麼用呢？與其在語言上限制，不如先好好充實自己的實力。

經典故事

秀才柳冕的個性跟一般人沒什麼不同，如果硬要挑毛病，就是他總有許多忌諱，尤其最忌諱「落」這個字，因爲對讀書人來說，「落第」很不吉利。

每次柳冕參加科舉考試，與一同考試的秀才們閒聊時，如果有誰無意間說了「落」字，柳冕就會氣得臉色發青、吹鬍子瞪眼的。如果是僕人不小心觸犯到他的忌諱，就更不得了，他會哇哇大叫，回身拿起拐杖對僕人就是一頓杖打。他自個兒說話時，如果遇到與「落」字同音，都會小心翼翼的改用別的字，比如說「安樂」的「樂」與「落」同音，就改成「安康」之類。

有一次科舉過後，柳冕聽說已經放榜了，急忙派僕人出去查看榜單。不一會，僕人回來，柳冕連忙迎上去問道：「中了嗎？」

僕人回答：「秀才，您『康』了啊！」

經典知識

相關成語：「觸禁犯忌」。形容觸犯了禁令忌諱的事。相反的是「百無禁忌」，指毫無忌諱。

45. 越人遇狗

（元．鄧牧《伯牙琴》）

經典原文

越人道上遇狗，狗下首①搖尾，人言②曰：「我善獵，與若中分③。」越人喜，引而俱歸，食以粱肉④，待之以人禮⑤。狗得盛禮，日益倨⑥，獵得獸，必盡啖⑦乃已。或嗤⑧越人曰：「爾飲食之，得獸，狗輒⑨盡啖，將奚以狗爲⑩？」越人悟，因與分肉，多自與。狗怒，齧⑪其首，斷領⑫足，走而去之。

夫以家人養狗⑬，而與狗爭食，幾何⑭不敗也！

作者

鄧牧（一二四七年～一三〇六年），字牧心，爲宋末元初的文學家與學者。宋亡後，終生不仕、不娶，四處漫遊，後來隱居起來，世稱「文行先生」。著有《伯牙琴》，內容蘊含亡國之痛，他深感知音難遇，便以「伯牙鼓琴」的典故作爲書名。篇名〈二戒〉，是學習柳宗元〈三戒〉所作，具有發人深省的諷刺意義。

題解

本文出自《伯牙琴．二戒》。越人將狗帶回家養，當作家人一般照顧，卻被忘恩負義的狗殺害了。作者其實是暗指元朝的統治者爲「狗」，藉著寓言揭露統治者貪婪的本性。從越人與狗妥協所造成的悲慘後果，可知作者對宋朝與元人之間的關係所抱持的看法。

注釋

①下首：低頭。
②人言：像人一樣會講話。
③若：你。中分：分成兩半。
④粱肉：美味佳餚。粱，音ㄌㄧㄤˊ，精美的食物。
⑤待之以人禮：用對待人的行為或態度，來恭敬的對待狗。
⑥倨：音ㄐㄩˋ，傲慢。
⑦啖：音ㄉㄢˋ，吃。
⑧嗤：音ㄔ，譏笑。
⑨輒：音ㄓㄜˊ，即、就。
⑩將奚以狗為：還要狗做什麼呢？奚：為何、為什麼。表示疑問的語氣。
⑪嚙：音ㄋㄧㄝˋ，咬。
⑫領：脖子。
⑬以家人養狗：把狗當成自己家人來養。
⑭幾何：怎麼會。

評析

故事是諷刺那些巧言善騙和財迷心竅的小人。

越人的狗一開始靠著說人話、態度友善，吸引人類親近，牠又善於對人誘之以利，說自己可將捕到的獵物和越人平分，獲得越人的好感。越人自然大為心動，想貪圖不勞而獲，便抱著私心將狗帶回家飼養，給牠最好的待遇。越人對利益的追求，使他看不清狗的本性，因為狗並不容許越人與之爭食，結果便造成越人身首異處的慘劇。

狗的偽善，正如社會上被稱為「衣冠禽獸」的那類人，他們雖然口出人言、態度友善，內心卻如禽獸般殘忍貪婪；他們經常藉著外表騙人，一般人也容易上當。越人的狗因為貪婪而日漸傲慢，人也因為貪婪而枉送性命，可知，倘若私心太重，將會妨礙我們的觀察力和判斷力，唯有去除私欲，才有足夠的智慧明察秋毫。

經典故事

誰也想不到這隻癩痢頭、大小眼、駢趾的狗，除了「汪汪」以外，竟然還會說人話。牠對越人說：「我很會打獵，可以把捕到的獵物跟你平分。」越人聽了非常高興，以為自己撿到了寶。

前幾天，越人在路上遇到了這條狗，狗有氣沒力的對他「汪」了兩聲，忽然將頭放得低低的，搖擺尾巴。越人看見狗友善，就想伸手摸摸牠的頭，沒想到狗忽然說話了，表示願意為他打獵。越人聽說狗願意將捉到的獵物分他一半，就開心的帶著狗回家，每天給狗吃不完的美食佳餚，牠所受的待遇簡直跟人沒有兩樣。

漸漸的，狗就傲慢起來了，每次獵到野獸，必定全部吃個精光，絲毫不留給越人。有人聽說了，就當面譏笑越人：「你養活了狗，給牠過舒服的日子，但是牠捕到野獸卻全部吃了，不留給你一根骨頭，你還留牠做什麼？」

越人終於懂了。當晚，等狗捕到野獸回來，他就跑去跟狗分肉，而且拿的比留給狗的還要多。這下子可惹火了狗，牠忽然跳起來，一口咬住越人的頭，又咬斷他的脖子和腿，等他死透了便揚長而去。

將狗當成家人養，又跟狗爭食，怎麼會不出問題呢？

經典知識

相關成語：「貪得無饜」、「姑息養奸」、「衣冠禽獸」。比喻不除去貪婪的敵人，將會給自己留下後患。

46. 金鎞刺肉

（元．陶宗儀《輟耕錄》）

經典原文

木八剌①，字西瑛，西域人②。其軀幹魁偉，故人咸③曰「長西瑛」。一日，方與妻對飯④，妻以小金鎞刺臠肉⑤，將入口，門外有客至。西瑛出肅客⑥，妻不及啖⑦，且置器中，起去治茶。比回⑧，無覓金鎞處。時一小婢⑨在側執作，意其竊取，拷問萬端⑩，終無認辭，竟至損命⑪。

歲餘，召匠者整屋掃瓦瓴積垢⑫，忽一物落石上有聲，取視之，乃向⑬所失金鎞也，與朽骨一塊同墜。原其所以，必是貓來偷肉，故帶而去，婢偶不及見，而含冤以死。

哀哉！世之事有如此者甚多。姑書焉⑭，以爲後人鑑⑮也。

作者

陶宗儀（一三二九年～一四一〇年），字九成，號「南村先生」，黃岩清陽（今屬浙江臺州路橋）人，爲元末明初的文史學家。元時考進士，一試不中就不再考了，終身不仕，以教書爲生。勤於筆記，隨身攜帶筆墨，遇事即記。著有《輟耕錄》，又稱《南村輟耕錄》等，內容多爲雜記，也有警世的寓言。

題解

本文出自《輟耕錄》。木八剌妻子的金釵不見了，她不調查，就懷疑是女傭偷的，藉著權勢逕自以私刑拷打，最後將女傭活活打死。一年多以後，真相才得以大白，女傭含冤喪命。故事諷喻的是當主觀偏見與權勢結合，可能造成的問題。

注釋

① 木八剌：人名，是少數民族的名字。剌，音ㄌㄚˋ。
② 西域：漢代的西域泛指玉門關、陽關以西之地，狹義的西域指新疆，主要為天山南路；廣義而言，除天山南北路外，並踰蔥嶺（帕米爾）以西，包有今之中亞、西亞及印度。
③ 咸：音ㄒㄧㄢˊ，都。
④ 對飯：一起用餐。
⑤ 金鎞：金釵。鎞，音ㄅㄧˋ。臠肉：成塊的肉。臠，音ㄌㄨㄢˊ。
⑥ 肅客：恭敬的迎接來客。
⑦ 啖：音ㄉㄢˋ，吃。
⑧ 比回：等到回來。比，音ㄅㄧˋ。
⑨ 小婢：古時供人使喚的丫頭、女傭。婢，音ㄅㄧˋ。
⑩ 拷問萬端：用各種方法拷問。
⑪ 損命：死亡，喪失性命。
⑫ 瓦瓴：屋頂上的瓦，用來流水的溝槽。瓴，音ㄌㄧㄥˊ。積垢：積存的髒東西。
⑬ 向：從前，昔日。
⑭ 姑：暫且。書：記錄下來。
⑮ 鑑：警惕，戒勉。

評析

木八剌的妻子找不到「贓物」，竟誣指他人是賊，在沒弄清楚事實眞相前，不應該輕易下結論，憑著似是而非的「線索」就將人拷問致死。抱著這種心態做事的人倘若與權勢相結合，小則使人蒙受冤屈，自尊受損；大則魚肉百姓，禍國殃民。

除了婢女冤死的主題之外，故事也反映了古時傳統社會下，身爲婢女的無奈。婢女就是女性奴隸，古時婢女所生的子孫世世代代都是奴婢，可以被主人買賣或婚配；其婚配的對象，也只能是同樣階級的男性奴僕，因爲她們的身分是「賤民」，只是主人的「財產」，生命不受重視，命運完全由不得自己作主。

古時婢女受到主人虐待的事情時常發生，甚至在現代也時有所聞，因此元代末年的陶宗儀聽到這件事就記載下來，感嘆的說：「世上這樣冤屈的事情眞的很多。」體現出他的憐憫與同情，提醒我們應該尊重每個生命。

經典故事

西域人西瑛，因爲身材生得魁偉高大，加上有權有勢，所以有個威風的外號叫做「長西瑛」。這天，他正和妻子一起用餐，婢女在桌旁伺候。一桌子安靜，只聽見碗筷交碰的叮叮聲。

妻子拿著一枚金釵，斯文的從碗裡刺了塊肉，正要送進嘴裡，門外的僕人過來說有客人來了。西瑛立刻放下筷子出去迎接客人，他妻子來不及吃肉，只好先將金釵和肉擱在碗裡，起身爲客人準備茶水。等她回來以後，卻到處都找不到那枚金釵。

這金釵可是件價值昂貴的物品，妻子找不到，正急得團團轉，一瞥眼看見婢女在桌旁忙著，便一拍桌子，大怒道：「一定是妳偷走金釵！」婢女驚嚇得哭了出來，連聲否認。妻子用盡了各種方法折磨拷問，但婢女始終不承認偷竊，最後竟然活生生被拷問致死。

西瑛夫妻看見人死了，心中雖然驚慌，但還是運用權勢設法將這事掩蓋過去了。家裡人人都知道死了個人，但她只是婢女，不礙事的。

一年多以後的某天，西瑛叫工匠來打掃屋瓦，清潔積存的穢物，在打掃時，忽然掃下一件東西，掉落在石子地上發出清脆的響聲。西瑛撿起來看，竟是當初遺失的金釵！它和腐朽的貓骨頭一起掉下來了，必定是貓偷肉時，連金釵也帶走，之後貓吃肉時，不小心被金釵刺死在屋頂。當時婢女正在工作，沒看到，就這樣含冤死去。

陶宗儀聽說這件事，不禁痛心的說：「唉！世上這類不幸的事情太多了，我應該將它寫下來，好作爲後人的借鑑。」

經典知識

相關成語：「含冤負屈」、「奇冤極枉」、「沉冤莫白」。比喻人受到極大的冤屈而無法澄清，遭受了不名譽的指謫。

47. 野貓

（元·宋濂《宋文憲公全集》）

經典原文

衛人束氏，舉世之物咸無所好①，惟好畜狸狌②。狸狌，捕鼠獸也。畜至百餘，家東西③之鼠捕且盡，狸狌無所食，饑而嗥④。束氏日市⑤肉啖之。狸狌生子若⑥孫，以啖肉故⑦，竟不知世之有鼠。但饑輒嗥，嗥輒得肉食，食已⑧，與與如也⑨，熙熙如也⑩。

南郭有士病鼠⑪，鼠群行，有墮甕者。急從束氏假⑫狸狌以去。狸狌見鼠，雙耳聳，眼突露如漆⑬，赤鬣又磔磔然⑭，意爲異物也，沿鼠行不敢下。士怒，推入之。狸狌怖甚，對之大嗥。久之，鼠度⑮其無他技，齧⑯其足。狸狌奮擲而出。

噫！武士世享重祿遇盜輒竄者⑰，其亦狸狌哉！

作者

宋濂（一三一〇年～一三八一年），字景濂，號潛溪，諡文憲，浙江省浦江縣人。明初政治家、文學家、史學家，明代開國文臣之首，是方孝孺的老師，曾任翰林，參與修《元史》。著有《宋文憲公全集》五十三卷，其中的《雜著》和《燕書》內容多爲寓言，揭露元代社會的黑暗面，反映現實，寓意深遠。

題解

本文出自《宋文憲公全集．雜著》。一群由衛人束氏飼養的貓，過慣了優渥的生活，早已忘記打獵的方法，後來看到老鼠，竟然驚嚇得四處逃竄。作者比喻國家所養的軍人，世代享受俸祿，卻不敢緝捕強盜，說明人應該勤學苦練，而不該讓自己的能力在養尊處優的環境下變質。

注釋

① 咸無所好：沒有別的愛好。咸，音ㄒㄧㄢˊ。
② 畜：音ㄒㄩˋ，養。狸牲：野貓，泛指貓。狸，音ㄌㄧˊ。
③ 家東西：住家的東西廂房和左鄰右舍。
④ 嗥：音ㄏㄠˊ，號叫。
⑤ 市：動詞，買。
⑥ 若：及，和。
⑦ 以……故：因為……的緣故。
⑧ 已：完畢。
⑨ 與與如也：走路緩慢。
⑩ 熙熙如也：溫柔和順。熙，音ㄒㄧ。
⑪ 病鼠：有鼠患。
⑫ 假：借。

⑬眼突露如漆：瞪著變成全黑的眼睛。貓的瞳孔會因光線強弱而變大小。漆：黑色。

⑭赤鬣：貓頭上的紅毛。鬣，音ㄌㄧㄝˋ。磔磔然：老鼠吱吱鳴叫的聲音。磔，音ㄓㄜˊ。

⑮度：音ㄉㄨㄛˋ，推測，猜測。

⑯齧：音ㄋㄧㄝˋ，咬，啃。

⑰竄：音ㄘㄨㄢˋ，逃跑。

⑱甕：音ㄨㄥˋ，盛東西用的陶器，腹部大，口小。

評析

「不進則退」是作者想告訴我們的道理。

貓的專長是抓老鼠，可是這個特長如果長久不用，缺乏練習，加上代代子孫受到人類的馴養，不必煩惱生存問題，貓的野性就會退化，狩獵的本能也就逐漸消失了，以致於看到老鼠竟然不知道那是什麼動物，反而被這種「怪物」驚嚇到，於是「老鼠欺負貓」就成了看似荒謬、卻理所當然的結果。

作者更想藉此諷喻國家養的武士們，他們世代都享受國家給的俸祿，一旦遇到強盜，卻退縮不敢緝捕，這和東家的貓有什麼不同呢？過分享受、溺愛，都會給人帶來不良的後果，過慣了優渥的生活，很容易讓人喪失最基本的生活能力，刀久不磨就鈍了，長久缺乏鍛鍊，便會喪失專業技能，其寓意值得我們省思。

經典故事

衛國的東先生對任何東西都看不上眼，唯獨愛貓。貓的專長是捉老鼠，東家就養了一百多隻，貓兒們把東家連同左鄰右舍的老鼠，都抓得快要絕跡了。貓找不到食物，餓了就大叫，於是東先生每天到市場買肉餵貓。

幾年過去了，貓兒生了一窩小貓；小貓長大，又生出許許多多小貓。後來出生的貓吃慣了現成的肉，不需要打獵，竟不知世上有「老鼠」。貓群餓了就叫，一叫就有人拿肉給牠們吃，吃飽了就懶洋洋的，走路慢慢的，一副安閒的模樣。

東家的貓很多，城南一個讀書人的家裡卻是老鼠多，讓他困擾不已。那些老鼠成群結隊在屋裡走來走去，有的還掉在甕⑱裡弄髒飲食。於是，讀書人急忙從東家借了一隻貓回家。當貓看見四處亂竄的老鼠聳著雙耳，瞪著黑亮的眼睛時，嚇得豎起頸上的紅毛，以爲看到了怪物。牠只在甕口邊緣跟著底下的老鼠打轉，卻不敢跳下去捉。

讀書人氣極了，就將貓推下甕裡。貓怕死了，對著老鼠叫了好久。老鼠推測貓除了叫和豎毛，沒別的本事了，就用力咬貓的腳。貓竟然嚇得從甕中跳了出來。

經典知識

相關成語：「養尊處優」、「用進廢退」、「不進則退」。指自處尊貴，生活優渥，很久不發揮自己的特長的人。

48. 晉人好利

（元．宋濂《宋文憲公全集》）

經典原文

晉人有好利①者，入市區焉。遇物即攫②之，曰：「此吾可羞也③，此吾可服也④，此吾可資也⑤，此吾可器也⑥。」攫已，即去⑦。

市伯隨而索其直⑧，晉人曰：「吾利火熾⑨時，雙目暈熱，四海之物，皆若己所固⑩有，不知爲爾⑪物也。爾幸與我，我若富貴當爾償⑫。」市伯怒，鞭之，奪其物以去。

傍有哂⑬之者，晉人戟手⑭罵曰：「世人好利甚於我，往往百計而陰奪⑮之，吾猶取之白晝，豈不又賢於彼哉？何哂之有！」

作者

宋濂。

題解

本文出自《宋文憲公全集．秋風樞》。晉人到市場任意搶奪東西，被人抓到後，竟然還說自己的所做所爲雖然好利，卻是光明正大，比起陰險的小人好得多了。作者旨在諷刺某些表面像君子，暗地裡卻爲了利益費盡心機、陰謀計算的人。

注釋

①好利：貪愛利益。好，音ㄏㄠˋ。
②攫：音ㄐㄩㄝˊ，抓取。
③羞：動詞，同「饈」，美味的食物。
④服：動詞，穿衣服。
⑤資：可用的物資。
⑥器：動詞，裝東西的器皿。
⑦去：離開。
⑧市伯：市場的管理者。直：同「値」，價錢。
⑨吾利火熾：我求利的心如同火一般熱烈。熾，音ㄔˋ。
⑩固：原來，一向。
⑪爾：你。
⑫爾償：為倒裝句「償爾」，意思是償還你。
⑬哂：音ㄕㄣˇ，嘲笑。
⑭戟手：用手指著。戟，音ㄐㄧˇ。
⑮陰奪：不光明的奪去。

評析

好利是人的天性，不一定是壞事，俗話說：「君子愛財，取之有道。」每個人透過正當的手段付出努力，取得財物，才是社會進步的動力。

但是，有某些人獲得利益的方式，卻是公然強取豪奪，當他們被人捉到或被指摘時就振振有詞，用歪理爲自己自圓其說；另一些人則是表面上道貌岸然，自詡爲「正義之士」、「君子」、「道德者」，暗地裡卻爲了追求利益不擇手段，這些人才是最可怕的！他們的僞善，令善良的好人防不勝防。

這篇故事描繪出那種利慾薰心的嘴臉，這些人會在公開或私底下剝削、掠奪弱勢的人，尤其是老百姓。晉人搶取他人財物，最後還用歪理爲自己辯護，並不可取，但作者其實企圖透過晉人的話引發思考：在現實生活中，許多光鮮亮麗的貪官污吏和權貴的想法、行爲，豈非正好跟貪婪的晉人一樣？

經典故事

晉國有個人到市場去，看見喜歡的東西就抓在手中說：「這美食我可以吃，這錦繡我可以穿，這物品我可以用，這器皿我可以裝東西。」一副貪心的饞相。他說完話，也不管攤販同不同意，拿了東西就走。

管理市場的官吏連忙追去向晉人要錢。晉人卻說：「我追求利益的心就像火一樣熾熱啊！看到喜歡的，眼睛就會發暈冒火。天底下的東西，好像本來就屬於我的，怎會知道那是你的呢？你就把這些東西給我吧！如果我發財了，一定會還你的。」

官吏很生氣，跳腳大罵：「你根本就想賴帳！」於是拿起鞭子狠狠的抽了晉人一頓，搶回被他搶走的財物，怒氣沖沖的走了。

有人在旁邊看見了，就嘲笑晉人。晉人一邊撫著傷口叫痛，一邊氣得指著笑他的人，罵道：「世人貪圖利益的心比我還嚴重，他們千方百計強取豪奪，跟他們比起來，我算什麼！只不過在白天拿東西而已，難道不是比他們還好嗎？有什麼好笑！」

經典知識

相關成語：「利慾薰心」、「利令智昏」、「唯利是圖」。形容人爲了貪圖名利私欲，而蒙蔽了心智。

49. 焚鼠毀廬

（元．宋濂《宋文憲公全集》）

經典原文

越西有獨居男子①，結生茨以爲廬②，力耕以爲食；久之，菽粟鹽酪③，具無仰於人④。

嘗患鼠，晝則累累然⑤行，夜則鳴囓至旦⑥。男子積憾之⑦。

一日被酒⑧歸，始就枕⑨，鼠百故惱之，目不得瞑⑩。男子怒，持火四焚之。鼠死，廬亦毀。次日酒解，倀倀⑪無所歸。

龍門子唁之⑫。男子曰：「人不可積憾哉⑬！予初怒鼠甚，見鼠不見廬也，不自知禍至於此。人不可積憾哉！」

作者

宋濂。

題解

本文出自《宋文憲公全集．尉遲樞》。描述一個自食其力的人，每天遭受難以忍受的鼠患，長久下來積憤在心，最後爲了滅鼠不惜縱火燒屋，自己也無家可歸。故事諷喻倘若人的行爲受情緒支配，缺乏周密的思考，可能造成慘重的犧牲。

注釋

①越西：在今中國浙江省西部地區。獨居男子：指單身漢。
②結：建造。生茨：音ㄘˊ，茅草。廬：茅草房屋。
③菽：音ㄕㄨˊ，豆子。酪：醋醬或乳製品。
④具：俱，全部。仰：依靠。
⑤累累然：成群結隊的樣子。
⑥嗚囓：牙齒亂咬東西發出的聲音。囓，音ㄋㄧㄝˋ。旦：天明。
⑦積憾之：長期以鼠患為怨，累積怨恨。憾：怨恨。
⑧被酒：喝了酒，帶了幾分酒意或醉意。被：音ㄅㄟˋ，加。
⑨就枕：上床睡覺。
⑩瞑：閉上眼睛。
⑪倀倀：音ㄔㄤ，茫然、不知所措的樣子。
⑫唁之：音ㄧㄢˋ，慰問遭禍的男子。
⑬哉：助詞，表示驚嘆的語氣。

評析

越人爲了消滅老鼠而燒毀房屋，毫無疑問是由於「因小失大」的緣故。

主角是個自食其力的單身漢，每天努力工作，回家只想休息，卻天天受到老鼠的騷擾不得安眠，他又不處理，久而久之，怒氣就會累積成怨憤，使他在盛怒之下就做了後悔的事。故事提醒我們：不要經常壓抑不滿、累積情緒，遇到問題就要即時處理，避免原本可以圓滿解決的事，變成以遺憾收場。

但如果將故事翻轉來看，我們發現，主角是個努力的勞工，但長期遭受老鼠（雇主）的壓迫，也許他「不處理」其實是「無法處理」，因爲老鼠滋生繁多（雇主權勢大）。最後他忍無可忍，寧可玉石俱焚也不願跟鼠輩妥協，熊熊之火成爲民怨的象徵。也許主角沒想到抗爭要付出代價，但是房屋再蓋就有了，唯有根除掉禍害，才能徹底保障自己的生存，似乎正是警醒那些剝削他人的人。

經典故事

越地的西邊有個單身漢，一個人紮起蘆葦、茅草蓋房屋，努力耕作，自己收成。日子久了，就連豆子、粟米、鹽巴、乳酪等，都不必靠別人就能自給自足。

只有一件事情令他煩惱。他家出現了許多老鼠，白天牠們成群結隊的行動，到了晚上就亂咬東西，牙齒發出唧唧吱吱的聲音，好不擾人，這樣直到天亮。他一直煩惱，但是總不去採取行動解決問題。

有一天，男子和朋友多喝了幾杯，醉醺醺的回家，打算就寢。沒想到頭才剛沾上枕頭，老鼠就製造出各種聲響，一時噪音四起。他非常惱火，完全無法閉上眼睛睡覺，終於忍無可忍了，拿著火把四處點火打算燒死老鼠。果然老鼠死了，但房屋也燒毀了。第二天他酒醒了，不知所措的站在燒毀的家園面前，無家可歸。

龍門子聽說了，連忙趕去慰問他。男子難過的說：「人眞的不能太壓抑怨氣！我太生老鼠的氣了，以致衝動到只看見老鼠，卻沒有考慮房屋的安全，不知會釀成災禍。人眞的不能太壓抑啊！」

經典知識

相關成語：「焚鼠滅廬」、「因小失大」。比喻爲了處理小事故，而使大事受到貽誤或損害。

50. 變易是非

（元．宋濂《宋文憲公全集》）

經典原文

洛陽布衣申屠敦①，有漢鼎一②，得於長安深川③之下，雲螭斜錯④，其文爛如⑤也。西鄰魯生見而悅焉，呼金工⑥象而鑄之⑦，淬⑧以奇藥，穴地⑨藏之者三年，土與藥交蝕，銅質已化，與敦所有者略類⑩。一旦⑪，持獻權貴人，貴之寶之，饗賓而玩之⑫。敦偶在坐，心知爲魯生物也，乃曰：「敦亦有鼎，其形酷肖⑬是，第⑭不知孰爲眞耳？」權貴人請觀之，良久曰：「非眞也！」眾賓次第⑮咸⑯曰：「是誠非眞也！」敦不平，辨數不已⑰。眾共折辱⑱之。敦噤⑲不敢言，歸而歎曰：「吾今然後知勢⑳之足以變易是非㉑也！」

龍門子聞而笑曰：「敦何見之晚哉？士之於文也，亦然㉒。」

作者

宋濂。

題解

本文出自《宋文憲公全集．龍門子凝道記》。變易是非，是非顛倒的意思。申屠敦的漢鼎被人仿冒後送給權貴，權貴將仿冒品當成珍品，卻說申屠敦的鼎才是仿冒的，旁邊的人紛紛附和，甚至一起攻擊申屠敦。故事揭露了「權勢」可以左右人們看法和價值判斷的惡劣風氣。

注釋

①布衣：平民，或指沒有做官的讀書人。申屠敦：人名，申屠是複姓。

②漢鼎：漢代以後用青銅器製成的炊具。鼎是古代立國的重器，十分貴重。

③長安：秦漢的都城，今中國陝西西安市。深川：深河。

④雲螭斜錯：雲彩和龍形的圖騰交錯。螭：音ㄔ，中國古代傳說的動物，外形似龍而無角，建築或工藝品常用為裝飾。

⑤文：花紋。爛如：輝煌燦爛的樣子。

⑥金工：鑄造的工匠。

⑦象：動詞，仿製。鑄：音ㄓㄨˋ，將金屬鎔化倒入模型中冷卻凝固，以做成各種器物。

⑧淬：音ㄘㄨㄟˋ，浸染的意思。

⑨穴地：挖地洞。穴：動詞，挖鑿。

⑩略類：大致相似。

⑪一旦：有一天。

⑫貴之寶之：將鼎視為珍寶。饗賓：宴請賓客。饗，音ㄒㄧㄤˇ。玩之：賞玩。玩，音ㄨㄢˋ。

⑬酷肖：特別相像。

⑭第：但是，只是。

⑮次第：紛紛的、相繼的。

⑯咸：都，皆。
⑰辨數不已：爭論不休。辨，同「辯」。
⑱眾：所有人。折辱：侮辱，屈辱。辱，音ㄖㄨˋ。
⑲噤：音ㄐㄧㄣˋ，閉口不敢說話。
⑳今然後：從今天起。勢：權勢。
㉑變異是非：是非顛倒。易：更改。
㉒士之於文也，亦然：讀書人對文章的評價也是這樣。

評析

透過「申屠敦獻鼎」的故事，作者揭露出當時權貴與平民之間存在的階級差異。一介平民是很難與權貴爭辯什麼的，諷刺了社會上那些趨炎附勢的人，他們為了迎合權貴，竟然可以荒謬的把眞鼎說成假鼎。

結尾的一段「龍門子」的話，也給了我們另一種思考。不只是鼎，比如一篇文章的好壞、一件官司的判決、一件消費糾紛等，事情不分大小，我們經常會看到在「權勢」的面前，人們就算掌握到眞鼎（眞理），往往沒有力量替自己辯護，因為「權勢」總有辦法解決問題，總會有人會為它辯護，因而使眞理受到埋沒。

以古鑑今，在今天這個進步的社會，這種挾著權勢左右人們判斷，將權勢當作是非標準的情況，不是仍然經常可見？現代人如果受到權勢的欺壓，又該如何解決呢？故事到現在仍是具有引人深思的意義。

洛陽的讀書人申屠敦擁有一座漢鼎，是他在長安城附近的一條深河中得到的，鼎上的雲彩紋路和龍形圖案交錯，精緻異常。

西鄰的魯先生看見了，極爲羨慕，於是請工匠仿製一個。鑄造時，工匠先將燙紅的鐵打造成形，浸在藥水裡，再挖個地洞埋進地底三年。鼎受到泥土和藥水的交相腐蝕之後，便逐漸腐朽生鏽，不論是外表或年份，看起來都和申屠敦的漢鼎差不多。

某天早上，魯先生興沖沖的拿著仿鼎，獻給一個有錢有勢的權貴。那權貴竟然將仿鼎當作寶物，成天愛不釋手，更大開筵席，不分官民，邀請了許多賓客來吃飯，將仿鼎拿到席間給眾人賞玩。

當時申屠敦剛好在座，他一眼就看出來這是魯先生仿冒的鼎，就對權貴說：「我也有個鼎，和您的極爲相似，只是不知哪個是眞品？」權貴便要他拿來看看。不久，申屠敦的鼎送來了。權貴繞著鼎走了一圈，又捏又摸，看了老半天，突然說：「這鼎不是眞的！」賓客們紛紛隨聲附和：「這鼎確實不是眞的！」申屠敦憤憤不平，就和所有人爭論了起來，眾人竟如嗜血的蒼蠅般聯合起來羞辱他。

申屠敦感到相當無奈，只好不再辯駁，回家後，他感慨的說：「我終於弄明白，權勢眞的能使是非顚倒啊！」

龍門子聽說這件事，就笑道：「你怎麼到現在才知道呢？就像讀書人對於文章好壞的評價，也是這樣的啊！許多有名的文章都是被吹捧出來的，並不是眞的好。這是同樣的道理。」

經典知識

相關成語：「指鹿爲馬」、「以假亂眞」、「顚倒黑白」。比喻人利用權勢歪曲事實，混淆是非黑白。

51. 蟾蜍與蚵蚾

（明・劉基《郁離子》）

經典原文

蟾蜍游於決瀼之澤①，蚵蚾以其族見②。喜其類己③也，欲與俱入月，使黿汆④呼之。問曰：「彼何食？」曰：「彼宅於月中，身棲桂樹之陰⑤，餐太和之純精⑥，吸風露之華滋⑦，他無所食也。」

蚵蚾曰：「若是則予不能從矣。予處決瀼之中，一日而三飽。予焉能從彼單棲於沆漻⑧，枵⑨其胃腸而吸飲風露乎？」問其食，不對。

黿汆覆命。使返而窺之，則方據溷而食其蛆⑩，盬⑪糞汁而飲之，滿腹，然後出，肭肭然⑫。

黿汆返曰：「彼之食，溷蛆與糞汁也，不可一日無也，而焉能從子？」蟾蜍蹙頞而咍曰⑬：「嗚呼！予何罪而生與此物類也⑭！」

作者

劉基（一三一一年～一三七五年），字伯溫，青田（今屬浙江）人，元至正二十年（一三六〇年）投奔朱元璋，爲明初開國功臣之一，封「誠意伯」。所作詩文雄渾奔放，與宋濂並稱。著有

《郁離子》十八篇，是劉基於元末棄官時所著的筆記和寓言集，文筆犀利，寓意深刻，有不少內容反映了元代社會的黑暗面。

題解

本文出自《郁離子．魯班》。蟾蜍與蚵蚾的外型很相似，但是一個住在月宮，一個住在沼澤之地，蟾蜍因爲蚵蚾長得像自己，便想找牠來月宮同住，後來得知蚵蚾以糞爲食以後，就覺得蚵蚾完全不配與牠同住了。故事諷刺自命清高而瞧不起人的人。

注釋

① 蟾蜍：俗稱癩蝦蟆，體型肥大，性遲緩，不能鳴，常棲於陰溼之地。皮膚有疣，可分泌毒液。這裡指神話中住在月亮裡的蟾蜍。泱瀼：音 ㄧㄤ ㄖㄤˇ，水流的樣子。澤：沼澤。

② 蚵蚾：音 ㄎㄜ ㄅㄛˇ，屬於癩蛤蟆的一種，類似蟾蜍。族：同類。

③ 類己：跟自己很像。

④ 鼀[illegible]：音 ㄑㄩˋ ㄑㄧㄡ，癩蛤蟆的別種，只在陸地生活。

⑤ 棲：居住。陰：同「蔭」，樹蔭。

⑥ 餐：動詞，吃。太和之純精：天空中最純的精氣。太和：陰陽會合，沖和之氣。

⑦ 華滋：精華。

⑧ 從：跟隨。彼：他。單棲：只居住在。泬漻：音 ㄒㄩㄝˋ ㄌㄧㄠˊ，空曠清朗的地方。

⑨ 枵：音 ㄒㄧㄠ，空虛。

⑩ 方：正在。據：盤踞。溷：音 ㄏㄨㄣˋ，糞坑，豬圈。蛆：音 ㄑㄩ，蠅類的幼蟲。身體柔軟，色白而長，多生活於不潔淨的地方，以糞土等有機物為食。

⑪ 盬：音ㄍㄨˇ，吸食。

⑫ 肭肭然：吃得肚子鼓鼓的。肭，音ㄋㄚˋ。

⑬ 蹙額：皺著眉頭。蹙，音ㄘㄨˋ。咍：音ㄏㄞ，嗤笑，譏笑。

⑭ 類：相像。

評析

以貌取人，是一般人慣有的迷思，因為多數人都喜歡美的、優越的，而討厭醜的、有殘缺的事物，忽略了「外表和本質往往有差距」的事實。這故事不但揭示這個道理，更諷刺了那些自命清高，眼睛長在頭頂，實際上卻自甘墮落的人。

蟾蜍住在月亮裡，每天餐風飲露，便自以為高尚，看見蚵蚾長得像自己，就邀請牠來月宮居住。其實蟾蜍是出於驕傲而產生的自戀心理，認為自己最好，那麼和牠相似的蚵蚾也應該是最好的。蚵蚾也是類似的心態，牠雖然聽說蟾蜍過的是清高孤寂的生活，卻認為自己住的糞坑才是天堂。

認為自己的最好，而瞧不起對方，這樣狹隘的心態只會令自己退步。任何事物都有外表和本質，兩者存在著差異，如果我們忽視這點，只看外表就以貌取人，往往容易被表象所迷惑。其實，本質比外表更加真實，我們應學會分清楚兩者的區別。

經典故事

蟾蜍在水流動不絕的湖澤畔遊玩，蚵蚾把牠當作同類，前去認親。蟾蜍很高興蚵蚾跟自己長得像，便想邀牠一起去月亮居住，於是叫黿黿去問牠的意思。黿黿很

快就回來了，將詢問蚵蚾的經過回覆給蟾蜍。

當時蚵蚾好奇的問竈龜：「蟾蜍都吃些什麼？」竈龜說：「蟾蜍住在月亮之中，棲息在桂樹的樹蔭底下，吃天空最純粹的精華，飲用清風露珠的精美汁液。除此以外，就沒別的食物了。」

沒想到蚵蚾皺著鼻子說道：「如果是這樣，我就不想跟牠去月亮了。我這裡乾淨舒適，每天三餐都吃得飽飽的，怎能跟牠孤單的住在空曠清冷的月亮，還得餓著肚子吸風飲露呢？」

聽見蚵蚾這麼說，竈龜不禁好奇起來，就問蚵蚾的食物是什麼？然而蚵蚾不理牠就走了。

蟾蜍聽了竈龜的回覆，也感到很好奇，就要求竈龜偷偷溜回去看蚵蚾吃什麼？於是竈龜便回去躲在旁邊看蚵蚾，才知道原來蚵蚾正盤踞在糞坑裡吃蛆、吸糞水喝，吃得肚子鼓鼓的，一副心滿意足的樣子。

竈龜回到蟾蜍那裡，把看到的形容一遍，告訴蟾蜍：「蚵蚾的食物是糞坑裡的蛆和糞水，不能一天不吃啊！牠怎能跟你上月亮呢？」

蟾蜍不禁皺著額頭，嗤笑道：「哎呀，我到底做錯了什麼？老天爺竟然讓我跟『這東西』長得相像！」

經典知識

相關成語：「以貌取人」、「表裡不一」、「眼高於頂」。比喻人的內在、外表不一致。多指思想、言行或外貌上的不一致。

52. 獼猴造反

（明．劉基《郁離子》）

經典原文

楚有養狙①以爲生者，楚人謂之狙公②。旦日③，必部分④眾狙於庭，使老狙率以之⑤山中，求草木之實⑥，賦什一以自奉⑦。或不給⑧，則加鞭箠⑨焉。群狙皆畏苦之，弗敢違也。

一日，有小狙謂眾狙曰：「山之果，公所樹與⑩？」曰：「否也，天生也。」曰：「非公不得而取與？」曰：「否也，皆得而取也。」曰：「然則吾何假於彼而爲之役乎⑪？」言未既⑫，眾狙皆寤⑬。

其夕⑭，相與伺狙公之寢⑮，破柵毀柙⑯，取其積⑰，相攜而入於林中，不復歸。狙公卒餒⑱而死。

郁離子曰：「世有以術使民而無道揆者⑲，其如狙公乎！惟其昏而未覺也，一旦有開之⑳，其術窮矣。」

作者

劉基。

題解

本文出自《郁離子・瞽聵》。狙公一向以壓迫和剝削的手段對待眾狙，有一天眾狙終於醒悟，團結起來抵抗狙公，最後終於獲得了自由。狙公的統治不講求法度，只顧自己滿足私欲，故事反映出作者對於當時高壓統治手段的批判。

注釋

①狙：音ㄐㄩ，猴子。
②狙公：養猴子的人。
③旦日：早晨。
④部分：分派。分，音ㄈㄣ。
⑤之：往，到。
⑥實：果實。
⑦賦：取。什一：十分之一。奉：給予。
⑧或：指有的猴子。不給：不能供應所需。給，音ㄐㄧˇ。
⑨鞭箠：鞭打。箠，音ㄔㄨㄟˊ。
⑩樹：動詞，種植。與：音ㄩˊ，同「歟」，即疑問詞「嗎」。
⑪然則：那麼。假於彼：靠著他。為之役：被他奴役。乎：助詞，用於句尾，表示反詰的語氣。
⑫既：結束。
⑬寤：音ㄨˋ，覺悟。
⑭其夕：當天晚上。
⑮相與：相偕、互相。伺：暗中偵察。寢：臥室、居室。

⑯柵：圍欄。柙：音ㄒㄧㄚˊ，獸籠。
⑰積：積蓄。
⑱卒：終於。餒：音ㄋㄟˇ，飢餓。
⑲術：方法，策略。道揆：待人處世的道理。
⑳有開之：有人啓發牠們。

評析

藉著狙公養狙的故事，作者揭露了統治者所犯的錯誤。文中把統治者比喻爲狙公，眾狙就是人民。狙公一向以刻薄的剝削及暴力的鞭打來統治猴子，讓猴群苦不堪言，終於有一隻小猴子不堪欺壓，敢於直言，才讓猴子們起來反抗。

猴群團結起來反抗狙公，就像不堪虐待的人民起來反抗暴政。不勞而獲的狙公最後被活活餓死了，是提醒那些利用權勢奴役百姓的人，在百姓還沒覺醒以前，或許能夠得逞，一旦有人覺悟過來，發現形勢不一定對自己不利而團結起來抵抗時，那麼這些壓迫者再怎樣玩弄權勢，都沒用了。

猴群中最先醒悟的是小猴。年輕的小猴就像童話〈國王的新衣〉裡說眞話的孩子，牠啓發了老猴，用三個問題幫助老猴思考。牠的思想活躍，勇於反抗，爲眼前的困境帶來突破性的希望，間接反映作者對年輕一代的期望。

經典故事

楚國有個養猴子的人，叫做狙公。每天早晨，他一定在庭院分派工作給猴子

們，命令老猴率領小猴到山上摘草木的果實，再從中拿走十分之一給自己享用。有的猴子採到的數量不夠，狙公就鞭打牠們。猴子們怕死了，覺得這種日子好苦，卻不敢違抗。

有一天，一隻小猴子搔了搔腦袋，忽然問猴群：「山上的果樹，是狙公種的嗎？」猴子們抓抓腮幫子：「不是啊！那些果樹本來就生在山裡。」小猴子又問：「如果沒有老頭子，我們就不能去山上採嗎？」猴子們撓撓下巴：「不是啊！誰都能去採。」

於是，小猴子瞪大了眼睛問：「那我們爲什麼還要依靠他、被他奴役呢？」猴子們全都醒悟了，牠們發現自己根本不必靠狙公吃飯，於是興奮的在庭院裡蹦蹦跳跳，商議計畫起來。

當晚，猴子們偷偷摸摸的溜到狙公的房門外偷看，等狙公睡著了，就打破圍欄，毀掉獸籠，放出所有的猴子，再拿走狙公的存糧，一塊兒跑進森林裡，再也不回來了。沒有猴子幫忙採集食物，狙公終於被活活餓死了。

郁離子聽了這件事，便意味深長的說：「世上用不正當的方法奴役百姓，而不講道義和法度的人，下場就會像狙公那樣。只因爲百姓們還沒覺悟，一旦有人開導他們，那種暴虐的統治就徹底破滅了。」

經典知識

相關成語：「暴政必亡」、「施行仁政」。比喻專制暴虐的統治，終有一天會自取滅亡。

53. 越車

（明・方孝孺《遜志齋集》）

經典原文

越①無車，有游者得車於晉、楚②之郊，輻朽而輪敗③，輗折而轅毀④，無所可用。然以其鄉之未嘗⑤有也，舟載以歸而誇諸人⑥。觀者聞其誇而信之，以爲車固若是⑦，效而爲之者相屬⑧。

他日，晉楚之人見而笑其拙⑨，越人以爲紿⑩己，不顧⑪。及寇兵侵其境，越率敝車御之⑫。車壞，大敗，終不知其車也⑬。

學者之患⑭亦然。

作者

方孝孺（一三五七年～一四〇二年），字希直，又字希古，人稱「正學先生」，浙江寧海（今浙江寧波）人。明朝建文年間重臣，宋濂的學生，是著名的文學家、思想家，文筆縱橫豪放，詩作雄奇俊逸。著有《遜志齋集》，有不少寓言頗具特色。

題解

本文出自《遜志齋集．卷六》。越人在國外得到一輛破車，就將破車帶回家鄉炫耀。越人從沒見過車子，感覺新奇，竟然紛紛按照破車的樣子製造出來販賣，甚至用來作戰，造成了重大的損失。故事諷刺了盲目跟流行的後果。

注釋

①越：春秋時周代諸侯國，姒姓。建都於會稽，曾有今江蘇、浙江及山東的一部分，後滅於楚。

②晉：春秋時周代諸侯國，據有今山西大部分與河北西南地區，後為韓、趙、魏三家所分，遂亡。楚：周成王封熊繹於楚，春秋時稱王，為戰國七雄之一。

③輻：音ㄈㄨˊ，連接車軸和輪圈的直條。敗：壞。

④輗：音ㄋㄧˊ，古時大車轅端與橫木相接的地方。轅：音ㄩㄢˊ，車子前面駕馭牲畜的兩根直木。

⑤未嘗：不曾。

⑥誇諸人：向人們誇耀。

⑦固若是：本來就是這樣。

⑧效：仿效。相屬：連續不斷。屬，音ㄓㄨˇ。

⑨拙：這裡指製作車子的技藝拙劣。

⑩紿：音ㄉㄞˋ，欺騙。

⑪不顧：不理。

⑫敝車：破敗的車子。御：抵擋。

⑬終不知其車也：最後還是不知道問題出在車子。

⑭患：擔心。

評析

某些不肖的商人爲了賺錢，會在行銷和品質上使詐，欺騙消費者。越人故意引進越國「前所未有」的車子，加上誇張的吹捧，立刻在越國造成一股仿造的風潮，只不過人們並沒有探究車子的眞假，以致造成嚴重的損失。如果以這種心態治理國家或對付外敵，必然慘遭大敗。

一般人觀察任何事物，多半只看見光鮮亮麗的外表，聽別人口耳相傳，一味貪圖新奇，想嘗鮮，很少會想到進行研究，或是多方打聽究竟。像故事中的越國百姓胡亂仿造，將瑕疵品當作珍寶而不自知，還得意洋洋的仿造販售，都是對事物只求「表面理解」的後果。

作者其實也是提醒正在學習的人，如果想要學習，或是引進新的知識，必須先了解它的長處和缺失，還要能夠靈活運用，否則很可能反被知識給誤導或箝制了，導致最後的失敗。

經典故事

越國從來就沒有生產車子，當地的人更不知道有「車子」這種交通工具。有個來自越國的旅客，在晉國、楚國之間的郊區得到了一輛破車，車子的輻條已經腐朽，車輪都塌了，連車輗和車轅也斷了，整個車子就成了不折不扣的廢物，毫無用處。但是因爲他的家鄉沒有車子，他就用船載了這輛破車回家，好在國人面前炫耀一番。

這輛破車果然引起許多人來觀看，街坊鄰居都來了，大家聽信越人的吹噓，以爲車子本來就長成這樣，於是有許多人按照這輛破車的外觀，也趕流行製作了好幾

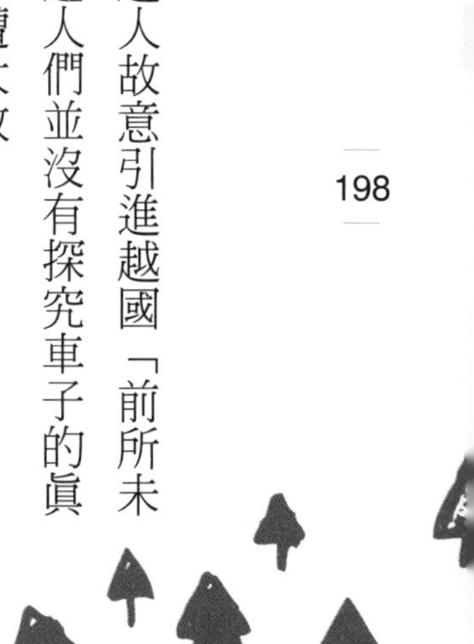

輛出來。不久，一輛輛嶄新的、剛被製造完成的「破車」都停放在倉庫，等著被販售。

這天，有個從晉、楚附近過來做生意的人，看見越人造的車子，不禁大笑起來，嘲笑他們的手藝笨拙，竟然做出壞的車子。人們覺得被羞辱了，很生氣，認爲他只是因爲嫉妒才說謊騙人，就不理他。

不久，敵人入侵越國的領土，越國的士兵駕著這些「嶄新的破車」上戰場，才跑沒幾步路，整輛車子就碎散了，結果越國被敵人打得落荒而逃，然而越國人卻始終不懂打敗仗的原因是因爲「車子」。

想一想，那些正在學習事物的人所要擔心的，也是這點啊！

經典知識

相關成語：「畫虎不成反類犬」、「東施效顰」。形容人模仿事物模仿得不成功，反而不倫不類。

54. 越巫

（明·方孝孺《遜志齋集》）

經典原文

越巫[1]自詭[2]善驅鬼物。人病，立壇場[3]，鳴角振鈴[4]，跳擲[5]叫呼，爲胡旋舞[6]，禳[7]之。病幸已[8]，饌[9]酒食，持其貲[10]去；死則諉以他故[11]，終不自信其術之妄。恆夸人[12]曰：「我善治鬼，鬼莫敢我抗[13]。」

惡少年慍其誕[14]，瞷[15]其夜歸，分五六人棲[16]道旁木上，相去各里所[17]。候巫過，下砂石擊之。巫以爲眞鬼也，即旋其角[18]，且角[19]且走。心大駭，首岑岑[20]加重，行不知足所在。稍前，駭頗定，木間砂亂下如初。又旋而角，角不能成音，走愈急。復[21]至前，復如初。手栗氣懾[22]不能角，角墜；振其鈴，既而鈴墜，惟大叫以行。行，聞履聲[23]及葉鳴谷響，亦皆以爲鬼。號[24]，求救於人甚哀。

夜半，抵家[25]，大哭叩門。其妻問故，舌縮不能言，惟指床曰：「亟扶吾寢[26]，吾遇鬼，今死矣。」扶至床，膽裂，死，膚色如藍[27]。巫至死不知其[28]非鬼。

作者

方孝孺。

題解

本文出自《遜志齋集‧卷六》。越巫號稱能夠驅鬼治病，靠著裝神弄鬼騙人錢財，這種行爲使一群少年對其不滿，就在夜間假扮鬼怪來騙越巫，最後越巫竟然被假鬼給嚇死了。故事諷刺了裝神弄鬼的行徑，間接反映出世人迷信的不良風氣。

注釋

① 越巫：越地的巫師，這裡指用降神驅鬼當職業騙錢的騙子。
② 自詭：自己謊稱。
③ 壇場：祭神作法的場所。
④ 嗚角振鈴：吹海螺與搖鈴。
⑤ 跳擲：蹦蹦跳跳。
⑥ 胡旋舞：原為少數民族舞蹈，舞時快速旋轉。這裡指胡亂舞動身體。
⑦ 禳：音ㄖㄤˊ，祈禱消除災殃。
⑧ 病幸已：病僥倖好了。已：停止。
⑨ 饌：音ㄓㄨㄢˋ，泛指酒食菜餚。
⑩ 貲：音ㄗ，錢財。
⑪ 諉以他故：藉口說是別的緣故。
⑫ 恆夸人：經常向別人誇耀。

⑬鬼莫敢我抗：是「鬼莫敢抗我」的倒裝句。鬼不敢反抗我。
⑭慍：音ㄩㄣˋ，怨恨。誕：荒誕。
⑮瞯：音ㄐㄧㄢˋ，偷看。
⑯棲：棲息。此指人躲藏在樹上。
⑰去：距離。里所：大約一里。
⑱旋其角：旋轉的吹海螺。
⑲角：樂器名。初以動物的角製成，後改用竹、木、銅等材料，有曲形、竹筒等形狀，多用在軍中。
⑳首岑岑：頭腦發脹。岑，音ㄘㄣˊ。
㉑復：又。
㉒栗：音ㄌㄧˋ，戰慄、發抖。慴：害怕。
㉓履聲：穿鞋走路的腳步聲。
㉔號：音ㄏㄠˊ，放聲大哭。
㉕抵家：到家。
㉖亟：音ㄐㄧˊ，趕快。扶吾寢：扶我上床就寢。
㉗膚色如藍：膚色發青。
㉘其：指故事中的惡少年。

評析

作者藉著越巫的遭遇，諷刺社會上招搖撞騙的「越巫們」，不僅害人，也必將害己。故事生動的刻畫了越巫的形象，他詐騙時，一副煞有介事的樣子，誇口說自己的法力無邊，碰巧遇到病人好轉，就對病人貪功邀賞；倘若病人死了，他便找其他的藉口推託，因此犧牲了許多人命。

作者深入人物的內在，刻畫越巫心理上的轉變。剛開始越巫自賣自誇，接著遇到少年扮鬼丟砂

石嚇他，便「心大駭」，又發現自己的「法術」失靈，更是惶恐，只能號叫著逃回家裡，最後被嚇死了。寥寥數句，描寫卻層層深入，宛如剝洋蔥般傳神的刻畫了越巫的醜態。

故事巧妙的運用巫師作法的道具：「角」和「鈴」。剛開始越巫以爲有鬼，還能鎮定的邊吹海螺、邊逃跑；後來他以爲眞鬼現身時，已經吹不出聲音；再以爲鬼又出現，他手上的海螺和銅鈴都掉到地上，只能倉促逃跑。這些精彩的動作與神態的描寫，使人物形象栩栩如生，是一篇極具藝術性的寓言。

經典故事

越地有巫師自稱會驅鬼，每當病人來拜託他治病，他就開壇作法，吹海螺、搖銅鈴，又蹦又跳的跳起胡旋舞，爲人消除災殃。如果病人僥倖痊癒了，就留下來吃喝一番，拿了錢就走；如果不幸病人死了，他就找別的藉口推託，反正絕不會承認自己作假。巫師經常對人炫耀：「我擅長驅鬼，鬼怪都怕我！」

有個愛惡作劇的少年討厭巫師的虛僞，就在某天夜裡帶了五、六個人爬到樹上躲起來，距離各一里左右，等巫師經過就拿砂石丟他。巫師被砂石擊中，以爲遇到鬼，馬上吹起海螺，旋轉著身體邊吹邊跑。他害怕極了，腦袋脹痛得厲害，走路時也不知道腳踩在什麼地方。

巫師往前跑了一段路，心安了些，但樹上竟然又亂丟砂石下來。他疑心：「莫非是鬼？」於是再拿出海螺來吹，卻緊張得吹不出聲音，便急忙往前跑。再往前跑一段路，還是像剛才一樣，不斷有砂石丟下來。巫師嚇得兩手發抖，喘不過氣，海螺就「匡噹」一聲掉在地上。他拚命搖銅鈴，但是太慌張了，連銅鈴也掉了，只好大叫不停的跑。

一路上，巫師聽到腳步聲和樹葉搖動的聲音，在山谷間迴響，以爲都是鬼在作祟。他大聲哭叫求救，叫得十分悲傷。

到了半夜，巫師終於到家了，他哭著敲門。妻子詫異的問原因，但他已經嚇得舌頭僵縮，支吾了老半天只是指著床說：「快點扶我躺下！我碰到鬼，要死了！」熬到最後，他終於嚇破膽而死，身體的皮膚發青，到死也不知道拿砂石丟他的，其實是人而不是鬼。

經典知識

相關成語：「裝神弄鬼」、「故弄玄虛」、「裝模作樣」。假扮鬼神作假嚇唬人，比喻玩弄手段矇騙人。

55. 中山狼傳

（明．馬中錫《東田集》）

經典原文（節錄）

時，墨者東郭先生①將北適中山以干仕②，策蹇驢③，囊④圖書，夙行失道⑤。狼奄至⑥，引首顧曰⑦：「先生豈有志於濟物⑧哉？何不使我得早處囊中以苟延殘喘⑨乎？異時倘得脫穎而出⑩，先生之恩，生死而肉骨也⑪。」乃出圖書，空囊橐，徐徐焉實狼其中⑫。

已而簡子⑬至，求狼弗得，盛怒，拔劍斬轅端示先生，罵曰：「敢諱⑭狼方向者，有如此轅！」先生伏躓就地⑮，匍匐以進⑯，跽⑰而言曰：「鄙人⑱雖愚，獨不知夫狼乎？性貪而狠，黨豺爲虐⑲，君能除之，固當窺左足⑳以效微勞，又肯諱之而不言哉？」簡子默然㉑，回車就道。

良久，羽旄之影漸沒㉒，車馬之音不聞。狼度㉓簡子之去已遠，而作聲囊中曰：「先生可留意矣。出我囊，解我縛，拔矢㉔我臂，我將逝㉕矣！」先生舉手出狼，狼咆哮㉖謂先生曰：「我餒甚㉗，餒不得食，亦終必亡而已。先生既墨者，摩頂放踵㉘，思一利天下，又何吝一軀啖我而全微命乎㉙？」遂鼓吻奮爪㉚以向先生。先生倉促以手搏之，且搏且卻㉛，曰：「狼負㉜我！狼負我！」

遙望老子杖藜[33]而來，鬚眉皓然[34]，衣冠閑雅，蓋有道者也[35]。先生且喜且愕[36]，舍[37]狼而前，拜跪啼泣，致辭曰：「乞[38]丈人一言而生。」丈人問故，先生曰：「是狼爲虞人[39]所窘[40]，求救於我，我實生之。今反欲咥[41]我，力求不免，我又當死之。今逢丈人[42]，豈天之未喪斯文[43]也。敢乞一言而生。」因頓首[44]杖下，俯伏聽命。丈人聞之，欷歔[45]再三。以杖叩[46]狼曰：「汝誤矣！夫人有恩而背之，不祥莫大焉。儒謂受人恩而不忍背者，其爲子必孝，又謂虎狼之父子[47]。今汝背恩如是，則並父子亦無矣！」乃厲聲曰：「狼，速去！不然將杖殺[48]汝！」

狼曰：「丈人知其一未知其二，請訴之，願丈人垂聽[49]。初，先生救我時，束縛我足，閉我囊中，壓以詩書，我鞠躬不敢息[50]，又蔓詞[51]以說簡子，其意蓋將死我於囊，而獨竊其利也。是安可不咥？」丈人顧先生曰：「果如是，是羿亦有罪焉[52]！」先生不平，具狀[53]其囊狼憐惜之意。狼亦巧辯不已以求勝。

丈人曰：「是皆不足以執信[54]也。試再囊之，我觀其狀，果困苦否。」狼欣然從之，信足先生[55]。先生復縛置囊中，肩舉驢上，而狼未之知也。丈人附耳謂先生曰：「有匕首[56]否？」先生曰：「有！」於是出匕。丈人目[57]先生，使引匕刺狼。先生曰：「不害狼乎？」丈人笑曰：「禽獸負恩如是，而猶不忍殺。子固仁者，然愚亦甚矣！從井以救人[58]，解衣以活友[59]，於彼計則得[60]，其如就死地何[61]？先生其此類乎？仁陷於愚[62]，固君子之所不與[63]也。」言已大笑，先生亦笑。遂舉手助先生操刃，共殪[64]狼，棄道上而去。

作者

馬中錫（一四四六年～一五一二年），字天祿，號「東田」，明朝故城（今河北）人。因討賊有功受封左都御史，卻被毀謗縱容賊兵，獲罪，後死在獄中。死後由御史盧雍為他平反冤情，終得復官，子孫受蔭。擅長詩文，著有《東田漫稿》、《別本東田集》等，以寓言〈中山狼傳〉最膾炙人口。

題解

本文出自《東田集》。戰國時，趙簡子在中山狩獵，射中了一頭狼，狼逃逸，被東郭先生搭救，後來狼卻企圖謀害東郭先生。原作者是馬中錫，後來明代康海、王九思、汪廷訥、陳與郊等改編為古典戲劇。原文篇幅頗長，本文為節錄。

注釋

① 墨者東郭先生：信奉墨子學說的人，複姓東郭。
② 適：往。干仕：謀求官職。
③ 策蹇驢：騎著跛腳的驢子。策：騎。蹇：音ㄐㄧㄢˇ，跛腳。
④ 囊：音ㄋㄤˊ，布袋，動詞。
⑤ 夙行：清早趕路。夙，音ㄙㄨˋ。失道：迷路。
⑥ 奄至：突然來到。奄，音ㄧㄢ。
⑦ 引首顧曰：伸著頭說話。
⑧ 濟物：救濟、幫助人或物。
⑨ 苟延殘喘：勉強存續生命。

⑩脫穎而出：穎，錐子尖。錐子的尖頭從袋子鑽出，比喻出人頭地。

⑪生死而肉骨：使死者復生，枯骨長肉。生、肉，動詞。

⑫徐徐焉：慢慢的。實：這裡作裝進箱子。

⑬簡子：趙簡子，名鞅，春秋時晉國的大夫。這裡是假託的人物。

⑭諱：音ㄏㄨㄟˋ，隱瞞。

⑮伏躓就地：伏倒在地上。躓，音ㄓˋ。

⑯匍匐以進：以手、足著地向前爬行。匍匐，音ㄆㄨˊ ㄈㄨˊ。

⑰跽：音ㄐㄧˋ，長跪的樣子，雙膝跪地，上身挺立。

⑱鄙人：自己的謙稱。

⑲黨豺：和豺狼結黨。狼狽為奸的意思。虐：音ㄋㄩㄝˋ，殘暴。

⑳窺左足：略一舉步。舉手之勞的意思。

㉑默然：沉寂無聲，不說話。

㉒羽旄：古代旗子上的裝飾。借指趙簡子一行人。旄，音ㄇㄠˊ。漸沒：走遠了，漸漸看不見。

㉓度：音ㄉㄨㄛˋ，推測。

㉔矢：音ㄕˇ，箭。

㉕逝：死亡。

㉖咆哮：音ㄆㄠˊ ㄒㄧㄠˋ，野獸的怒吼。

㉗餒：音ㄋㄟˇ，飢餓。

㉘摩頂放踵：從頭頂到腳跟都受損傷。比喻捨身救世，不辭勞苦。放，音ㄈㄤˇ。

㉙又何吝：何必吝惜。一軀：身軀。啖：音ㄉㄢˋ，吃。全微命：保全小命。

㉚鼓吻奮爪：鼓起嘴，揮舞腳爪。形容張牙舞爪的樣子。

㉛且搏且卻：一邊搏鬥、一邊後退。卻：後退。

㉜負：辜負，對不起。

㉝杖藜：拄著藜莖做成的木杖。
㉞皓然：潔白的樣子。
㉟蓋有道者也：看起來像是有德行的修道之人。蓋，大概。
㊱且喜且愕：既歡喜又驚惶。
㊲舍：放下。
㊳乞：希冀、盼望
㊴虞人：虞城的人。虞，傳說為舜祖先的封地，約在今山西平陸縣虞城。
㊵窘：受困。
㊶咥：音ㄉㄧㄝˊ，咬。
㊷丈人：長老或老成之人。
㊸斯文：指讀書人，包括東郭先生。
㊹頓首：以頭叩地而拜。
㊺欷歔：音ㄒㄧ ㄒㄩ，嘆氣。
㊻叩：敲擊。
㊼虎狼之父子：虎狼也懂得父子親情。之，其實是「知」。
㊽杖殺：一種用杖活活將犯人打死的行刑方式。
㊾垂聽：傾聽、俯聽。
㊿鞠躬不敢息：彎著腰，大氣不敢喘一下。形容心情極為緊張、害怕。
(51)蔓詞：說閒話。
(52)是羿亦有罪焉：羿，傳說是夏朝的神射手，《孟子．離婁下》說他教會逄（ㄆㄤˊ）蒙射箭，後來被逄蒙射死了。孟子卻說：「是羿亦有罪焉。」指羿不能分辨好、壞，結果把本領傳給壞人，自己也有錯。故事中丈人的意思是：狼雖然忘恩負義，但東郭先生也有錯。
(53)具狀：詳細敘述。

(54) 執信：當作憑證。

(55) 信足先生：把腳伸向東郭先生。信，「伸」的意思。

(56) 匕首：短劍。匕，音ㄅㄧˇ。

(57) 目：看著。動詞。

(58) 從井以救人：跟著落井的人跳進井裡救人。意思是這樣會同歸於盡，不如在井上救人。

(59) 解衣以活友：脫下衣服來救活朋友，朋友活了，自己卻凍死了。

(60) 於彼計則得：就對方的立場來看是好的。彼：指落井的人和穿上衣服的人。

(61) 其如就死地何：那和置自己於死地有何差別。

(62) 仁陷於愚：仁慈到了陷入愚蠢的程度。

(63) 固君子之所不與：這樣的做法是不被君子所接受和推崇的。不與：不贊成。

(64) 殪：音ㄧˋ，殺死。

評析

狼會吃人，是牠與生俱來的本性，並不會因爲人類對牠好，或是其他因素而改變。故事裡的中山狼，不管東郭先生對牠有沒有過恩惠，等牠肚子餓了，在飢餓的生理狀態催化下，終究還是要吃人的。

社會上也存在著許多類似中山狼的惡人，這種人具有所謂的「狼性」，他們擅長僞裝，懂得以知書達禮、示弱、楚楚可憐等外表來僞裝，掩飾自己猙獰的面目，這麼做可以降低人們的心防，使人防不勝防。一般人往往看不清表象底下的「狼性」，出於善良的天性幫助他們，最後反受其害。

東郭先生的迂腐，正好跟狼成爲對比。東郭先生不加判斷、不分對象就救狼，濫施仁慈，明知道狼「性貪而狠」，仍然堅信要愛一切人，認爲這樣才是與人爲善，這種迂腐思想，比起中山狼的

狠毒，同樣具有警世意義。作者也藉此表達他對墨家「兼愛」思想的批判。

經典故事

東郭先生騎著跛腳的毛驢，背了一袋書，到中山國謀求官職。半路上，一隻流著血的狼跳到他面前，哀求說：「先生，我現在被獵人追殺，箭射中了我，差點沒命。求您把我藏在背袋裡，我會好好報答您的。」

雖然知道狼會吃人，但東郭先生看到受傷的狼很可憐，不禁心軟，考慮了一下就說：「既然你苦苦哀求，我就想辦法救你吧！」於是要狼蜷曲四肢，再用繩子捆住，盡量讓牠的身體縮得更小，以便裝進背袋躲藏。

不一會，獵人趙簡子追了上來，找不到狼，氣得拔劍就往車頭砍下，罵道：「如果誰敢隱瞞狼的行蹤，下場就像這輛車！」東郭先生嚇得趴在地上說：「我知道狼很可怕，如果您能除掉牠，我該助您一臂之力，不會隱瞞！」趙簡子相信了，便朝別的方向追去。

狼聽見馬蹄的聲音遠去了，就說：「求您放我出去，讓我逃生吧！」東郭先生就把狼放了出來。不料狼卻露出獠牙咆哮說：「你既然救了我，索性好事做到底。現在我餓了，如果餓死，你就白救了，不如讓我吃掉你！」狼說完就張牙舞爪的撲向東郭先生，東郭先生只好一邊空手搏鬥，一邊後退，嘴裡不斷喊：「忘恩負義！」

這時，有個頭髮、鬍鬚都雪白的老人拄著拐杖經過，他的衣著乾淨，看起來很有智慧的樣子。東郭先生急忙請老人評理。老人詢問狼，狼卻完全否認救命的事，反而說東郭先生想將牠悶死在背袋裡。兩個爭辯不休。

老人想了想，於是說：「你們的話我都不信！這袋子這麼小，怎可能裝得下狼？請狼再進去袋子裡，將當時的狀況演一次，好讓我評斷一下。」狼同意了，又讓東郭先生用繩子捆起來，裝進背袋裡。

老人立即將口袋綁緊，要東郭先生拿出匕首刺死袋子裡的狼。但東郭先生說：「這不就害了狼嗎？」老人不禁啼笑皆非，說道：「這種害人的野獸不會改變本性，你對狼仁慈，簡直是笨蛋！」說完大笑起來。東郭先生這才恍然大悟，也跟著大笑，非常感謝老人，就將狼殺死，丟棄在路旁，繼續趕路去了。

經典知識

相關成語：「狼心狗肺」、「人面獸心」。形容人使壞心腸或忘恩負義、反噬恩人的時候，就像狼一樣兇狠惡毒。

56. 醫駝

（明．江盈科《雪濤閣集》）

經典原文

昔有醫人，自媒①能治駝背，曰：「如弓者，如蝦者，如曲環②者，延③吾治，可朝治而夕如矢④。」

一人信焉而使⑤治駝。乃索板二片，以一置地下，臥駝者其上，又以一壓焉，而腳躧⑥焉。駝隨直，亦復隨死。其子欲鳴諸官⑦，醫人曰：「我業⑧治駝，但管人直，那管人死？」

嗚呼！世為之令⑨，但管錢糧完⑩，不管百姓死，何以異於此醫也哉！

作者

江盈科（一五五三年～一六〇五年），字進之，號「雪濤」，又號「綠蘿山人」，常德桃源（今河南）人。文學上被視為「公安派」，思想與袁宏道相呼應，主張作文應抒發個人的真性情，反對「文必秦漢、詩必盛唐」的說法，贊成「性靈說」。著有《雪濤閣集》，其中《雪濤小說》、《雪濤諧史》，收入了精采的寓言。

題解

本文出自《雪濤閣集》。有個庸醫聲稱他專治駝背，但是他的治療方法是用兩塊木板夾住病人的駝背，叫人在木板上用力踩踏。雖然病人的背直了，卻將患者治死了。諷刺人爲了達到目的而不擇手段，罔顧他人的權益，就會適得其反。

注釋

①自媒：自我介紹。媒：介紹。
②曲環：圓圈形的東西。
③延：邀請。
④如矢：像箭一樣直。矢，音ㄕˇ。
⑤使：讓，用。
⑥躧：音ㄒㄧˇ，踏。
⑦鳴諸官：告於官府。
⑧業：職業，行業。
⑨令：指縣令等地方長官。
⑩完：收完稅金。

評析

人如果只求達到目的，過程不擇手段，完全不考慮可能帶給他人的危機，就可能像庸醫治駝一樣，只管醫好駝背，卻不管病患的死活，將會導致難以彌補的惡果。解決問題不能只從表面著手，也不能只滿足私欲，不顧他人的感受。

作者撰寫此文是有現實背景的。他在故事前面寫道，百姓爲了繳稅，不得不賣妻、賣子，傾盡所有，以致於「賦完，而民之死者十七八矣。嗚呼！竭澤而漁，明年無魚，可不痛哉！」所以他用寓言諷刺地方官吏，只管用橫征暴斂的手段向老百姓索取賦稅，卻不願善待百姓，不思考收取高額稅金對民生造成的影響，百姓如同被捕獵的魚，任憑欺凌踐踏，這與那個治駝的庸醫有何不同？

故事的寓意反映當時的社會黑暗，在詼諧有趣中，包含了批判性，到現在仍然有積極的意義。

經典故事

從前有個醫生對大家自我推薦，聲稱他能夠治好駝背。他得意的自誇：「無論你的背駝得像弓那樣彎，或像蝦，還是彎曲得像鐵環，只要來請我醫治，保證早上治療，到晚上，病人的背就會像箭一樣筆直了。」將自己的醫術說得活靈活現的。

有個病患聽了，興沖沖的請醫生來治駝背。於是醫生向人要了兩塊很大的木板，先把一塊放在地上，然後叫駝背的病人趴在板子上，再用另一塊木板壓在駝背上面，再伸腳踏上去，使勁的踩踏，果然駝背很快就被弄直了，但是病人也立刻背斷腰折，斷了氣。

病人的兒子傷心極了，想要到官府控告醫生。醫生卻說：「我的職業是治好駝背，只管把駝背弄直，才不管人是死的還是活的！」

世上那些當官的人，只管把稅金收完，卻不管老百姓的死活，這和醫死人的庸醫有什麼不同呢？

經典知識

相關成語：「損人利己」、「不顧死活」。形容對別人的立場或事情不多做關心和顧慮。

57. 黑齒白牙

（清・石成金《笑得好》）

經典原文

有二娼妓①，一妓牙齒生得烏黑，一妓牙齒生得雪白。一欲掩②黑，一欲顯③白。

有人問齒黑者：「姓甚？」其妓將口緊閉，鼓一鼓④，在喉中答應：「姓顧。」問：「多少年紀？」又鼓起腮⑤答：「年十五。」問：「能甚的？」又在喉中答：「會敲鼓。」

又問齒白者：「何姓？」其妓將口一呲⑥，答：「姓秦。」問：「青春幾歲？」口又一呲，答：「年十七。」問：「會件什麼事？」又將口一大呲，白齒盡露，說道：「會彈琴。」

作者

石成金，字天基，號「惺齋」，江蘇揚州人，生卒年不詳，大約生活於康熙至乾隆初年，享年八十多歲。著作豐富，與醫學相關的有《養生鏡》、《長生祕訣》、《石成金醫書六種》等，佛學著作有《雨花香》等，另有笑話集《笑得好》，雖然名爲「笑話」，其實內容都是發人深省的寓言。

題解

本文出自《笑得好》。有人問生有黑齒、白齒的兩個娼妓同樣的問題，她們一個爲了掩飾黑牙，一個要表現白牙，就故意在說話咬字上作文章，好遮掩牙齒的缺點、表現優點，但反而顯得造作不堪。作者意在諷刺人的虛僞與浮誇。

注釋

①娼妓：以性交易為業的女子。
②掩：遮蔽。
③顯：表露。
④鼓一鼓：鼓動雙頰。
⑤腮：音 ㄙㄞ，面頰。
⑥呲：音ㄘ，露出牙齒的嘴型，呲牙裂嘴的意思。
⑦歌伎：歌女。後文「經典故事」將娼妓改為歌伎。

評析

作者在篇末的「評判」中寫道：「今人略有壞事，就多方遮掩；略有好事，就逢人賣弄；如此二妓者，正自不少。最可笑者，才有些銀錢，便滿臉堆富；才讀得幾句書，便到處批評人，顯得自己大有才學；才做得幾件平常事，便誇張許多能幹。看起來，總似這齒白之娼婦也。」在故事中注入對人性的觀察與體會，讓玩笑中多了深刻的寓意。

黑齒女怕露出黑齒，是有自知之明，她雖然忙著掩飾醜態，還算情有可原。相比之下，白齒女就顯得可笑了，只不過有些長處，就迫不及待的大肆宣揚，生怕別人不知道。黑與白在藝術象徵上，雖然代表邪惡與純潔，但是在故事裡，則象徵了自卑與自大兩種性格，是有趣的對照。

現今，有些人在學習或工作上不求腳踏實地，才剛開始做事，還沒有成果，就先急著搶功勞，為自己樹立虛假的形象，不正如白齒女一般嗎？還有些人被別人批評時，不是謙虛以對，而是想辦法為自己遮醜，就像黑齒女，這都是不可取的心態。因此作者將這類人比喻為「娼妓」，以諷刺他們的淺薄。

經典故事

這兩個歌伎⑦都生得貌美如花，只不過一個牙齒烏黑，另一個牙齒卻異常雪白。黑牙的歌伎一直想辦法遮掩她的黑牙，而白牙的歌伎卻千方百計的炫耀她的白牙。

這天，劇場裡來了幾個有錢的客人，喝到酒酣耳熱時，大家便想捉弄這兩位歌伎。有位客人先問黑齒伎：「妳姓什麼？」只見黑齒女將小嘴緊緊的閉著，鼓起粉嫩的臉頰，猶豫了老半天，聲音才在喉間打轉，說：「姓顧。」客人又問：「今年多大年紀了？」黑齒伎又鼓著腮幫子答道：「年十五。」客人再問：「妳會做些什麼呢？」黑齒伎又發出如蚊般的細聲，回答：「會敲鼓。」

接著，客人轉過頭來，又問白齒的歌伎姓什麼？只見白齒伎裂開大嘴，盡量用力的將嘴角往後揚，好讓滿口雪白燦爛的白牙露出來，道：「姓秦。」客人問她今年幾歲？白齒伎又翻著嘴唇，將晶瑩的貝齒露出來說：「年十七。」客人再問她會什麼？白齒伎又將嘴裂得更大，唇翻得更開，讓亮晶晶的白齒盡露，回道：「會彈琴。」

經典知識

相關成語：「弄虛作假」、「好自矜誇」。形容人的性格驕傲自滿，浮誇做作，喜歡誇耀自己。

58. 顏回偷食

（三國．王肅《孔子家語》）

經典原文

孔子厄①於陳、蔡②，從者七日不食，子貢以所齎貨③，竊犯圍而出④，告糴於野人⑤，得米一石焉。顏回⑥、仲由⑦炊之於壞屋之下，有埃墨⑧墮飯中，顏回取而食之。

子貢自井望見之，不悅，以爲竊食也，入問孔子曰：「仁人廉士⑨，窮改節乎⑩？」孔子曰：「改節，即何稱於仁廉哉？」子貢曰：「若⑪回也，其不改節乎？」子曰：「然⑫。」子貢以所飯告孔子，子曰：「吾信回之爲仁久矣，雖汝有云，弗以疑也⑬，其或者必有故乎？汝止⑭，吾將問之。」召顏回曰：「疇昔⑮，予夢見先人⑯，豈或啓佑我哉？子炊而進飯⑰，吾將進⑱焉。」對曰：「向⑲有埃墨墮飯中，欲置之則不潔；欲棄之，則可惜，回即食之，不可祭也。」孔子曰：「然乎？吾亦食之。」

顏回出，孔子顧謂二三子曰⑳：「吾之信回也，非待今日也。」二三子由此乃服之。

作者

《孔子家語》是記述孔子思想和生平的著作，自漢以前到漢初編纂，三國時王肅整理，共二十七卷。成書爭議多，學者多認定僞書，但一九七三年河北出土的漢墓竹簡，及一九七七年安徽阜陽出土的漢墓木牘，內容都與《家語》有關，另有英藏敦煌寫本《孔子家語》。近代學者指出其價值與《論語》不相上下。

題解

本文出自《孔子家語．在厄第二十》。子貢無意間看到顏回偷吃粥，將此事告訴老師孔子。孔子不急著質問顏回，而是堅信他的人品，並運用技巧委婉的詢問，瞭解顏回吃粥的原因，使弟子們心服口服。從故事中可得見孔子處事的智慧。

注釋

①厄：音ㄜˋ，災難，指受困。
②陳、蔡：春秋時諸侯國名。
③齎：音ㄐㄧ，持，攜帶。
④竊：私下，偷偷的。犯圍：衝出包圍。
⑤糴：音ㄉㄧˊ，買入穀物。野人：居處村野的平民。
⑥顏回：（前五二一年～前四九〇年）字子淵，春秋魯人，孔子弟子。天資明睿，貧而好學，於弟子中最賢，孔子稱他「不遷怒，不貳過」。後世稱為「復聖」，列於孔門德行科。
⑦仲由：（前五四二年～前四八〇年），春秋魯人。姓仲，名由，字子路，一字季路。孔子弟子，性好勇，事親

孝。仕衛，死於孔悝（ㄎㄨㄟ）之難。富政治長才，在孔門四科中，列於政事科。

⑧埃墨：煙燻的黑色灰塵。墨：黑色。

⑨仁人：有仁德的人。廉士：有操守、不苟求之士。

⑩節：氣節，人的志氣、節操。

⑪若：假如。

⑫然：對，正確。表示贊同。

⑬弗以疑：不懷疑。

⑭汝止：你先在這裡。汝：音ㄖㄨˇ，你。

⑮疇昔：昔日，從前。疇，音ㄔㄡˊ。

⑯予：我。先人：祖先。

⑰炊：音ㄔㄨㄟ，燃火煮食物。進飯：做好飯呈上來。

⑱進：呈獻，奉上。

⑲向：方才，剛才。

⑳顧謂：回頭說道。二三子：諸位，各位。對眾人的泛稱。

評析

當我們要爲他人排解糾紛時，該怎麼辦？故事中的孔子遇到問題，選擇私下瞭解眞相，因爲他不能使顏回失去尊嚴，也必須給心存質疑的子貢一個交代，著實考驗孔子的智慧。子貢顧及同門之情，也必須選擇更有智慧的方式，將所見告訴老師。

子貢的問法層層遞進，他先問人的氣節會不會因窮困而改變？孔子答不會。他再問：顏回會改變嗎？孔子也答不會，這時子貢才把偷食粥的情況敘述出來，他知道老師推崇顏回，因此委婉的詢

問是尊重老師的做法。而孔子問顏回時，也考慮到詢問的技巧，如果直接問，或當著子貢的面問，對顏回將是莫大的侮辱。所以孔子找了一個藉口，讓顏回自動告知吃粥的原因，保全了君子的名節，也揭示了謎底。

即使是親眼所見，倘若不瞭解背後的動機，仍然有發生誤會的可能。所以，我們千萬不要落入是非的爭辯，應該在不傷害每一個人的情況下，調查事實眞相，讓每個人在事實的面前心服口服。

經典故事

孔子與弟子們在陳、蔡這地方被圍困了，接連七天都沒有食物吃。子貢見老師和同學如此飢餓困頓，便設法突破重圍，拿身上的財物，到外面向當地百姓換了一石米回來，給大家充飢。顏回與子路連忙找了一個大鍋，在破屋子裡爲大家煮粥。正在熬煮時，顏回看見灰塵落入了粥裡，就將沾到灰塵的部分撈起來吃了。

子貢正好從井邊經過，看到顏回吃粥，就有些不高興，但他並沒有立刻質問顏回，而是走到了孔子的房間。子貢對老師行禮，問道：「仁人廉士，會不會因爲窮困而改變節操？」孔子回答：「會的話，就不能算是仁人廉士了。」子貢接著問：「那麼像顏回這樣的人，應該不會改變節操吧？」孔子很肯定的答：「當然不會。」子貢將看到顏回偷吃粥的事，告訴了孔子，孔子卻沒有驚訝的樣子，他說：「我一向相信顏回的人品，雖然你這麼說，但我還是不能因爲這件事就懷疑他的爲人，顏回可能另有緣故才會這樣。你先在這裡，我來問問他。」

孔子便請顏回過來，對他說：「我前幾天夢到了祖先，想必是要庇佑我們吧！你將粥做好了之後呈上來，我想用來祭祀。」顏回聽了，卻對老師說：「老師，這粥已經不可以用來祭祀了。」孔子問：「爲什麼？」顏回答：「學生剛才煮粥的時候，粥的蒸氣散到屋頂，掉了一些黑色的塵埃到粥裡。這麼一來，粥就不乾淨了，但是要倒掉，又覺得可惜，我只好把弄髒的部分撈起來吃。不過，吃過的粥用來祭祀，恐怕對祖先不敬。」孔子聽了，點頭說道：「原來如此，如果是我，也一樣會吃了它的。」

顏回離開以後，孔子回頭對著幾位弟子說：「我對顏回的信任，是不用等到今天才來證實的。」弟子因而對孔子的智慧更加信服了。

經典知識

相關成語：「食之無味，棄之可惜。」形容吃起來毫無滋味，丟棄又覺得可惜。用來比喻無用之物。

59. 魏王問扁鵲

（戰國·鶡冠子《鶡冠子》）

經典原文

王①獨不聞魏文王②之問扁鵲③耶？曰：「子昆弟④三人，其孰⑤最善爲醫？」扁鵲曰：「長兄最善，中兄⑥次之，扁鵲最爲下。」魏文侯曰：「可得聞邪？」

扁鵲曰：「長兄於病視神⑦，未有形而除之⑧，故名⑨不出於家。中兄治病，其在毫毛⑩，故名不出於閭⑪。若扁鵲者，鑱血脈⑫，投毒藥⑬，副肌膚⑭，閒而名出聞於諸侯⑮。」魏文侯曰：「善。使管子⑯行醫術以扁鵲之道，曰桓公⑰幾能成其霸乎！」

凡此者不病病⑱，治之無名⑲，使之無形，至功⑳之成，其下謂之自然㉑。故良醫化之㉒，拙醫敗之㉓，雖幸不死，創伸股維㉔。

作者

《鶡冠子》，作者不詳，相傳爲戰國時期楚國隱士鶡（ㄏㄜˊ）冠子所作，共三卷十九篇。內容多闡述道家思想，也涉及天文學、宇宙論等方面，被認定僞書。直到一九七三年馬王堆漢墓出土帛書《老子》，發現有與《鶡冠子》相合的內容，證實為戰國作品，並非偽書，屬於黃老一派的道家著作。

題解

本文出自《鶡冠子．世賢》。趙悼襄王問縱橫家龐煖：「統治者是否能管理好國家？」龐煖就以扁鵲比較自己與兄弟們的醫術爲例，說明國君治理國家、社會時，應該在國家的弊病還沒萌芽就先消除，這才是「良醫」的做法。

注釋

①王：卓襄王，即趙悼襄王（？～前二三六年），是戰國時期的趙國君主，原名趙偃，趙孝成王之子。
②魏文王：即魏文侯（？～前三九六年）中國戰國時魏國統治者。姬姓，魏氏，名斯，好學而禮賢下士。
③扁鵲：春秋戰國時名醫，姓秦，名越人。《史記》所載扁鵲故事，並非一人，而是以扁鵲作為「良醫」的代稱。因居於盧國，故亦稱為「盧醫」。
④昆弟：兄弟。
⑤孰：誰。
⑥中兄：排行第二的哥哥。扁鵲最小，排行第三。
⑦於病視神：觀察病人的精神氣色。
⑧形：指形成疾病。除：治癒。
⑨名：名聲，名氣。
⑩毫毛：極細微的部分。
⑪閭：音ㄌㄩˊ，泛指鄉里。

⑫鑱：音ㄔㄢˊ，刺，戳。血脈：體內血液流通的經絡。指針灸。
⑬投：給藥物服食。毒藥：指雖然能治病，但含有毒性，會危害生理機能的藥。
⑭副肌膚：用藥膏敷在肌膚上。副，同「敷」。
⑮諸侯：封建時代列國的國君。
⑯管子：春秋時齊國的賢相管仲，字夷吾。
⑰桓公：即齊桓公（？～西元前六四三），春秋時齊國的國君。姓姜，名小白。任管仲為相，尊周室，攘夷狄，九合諸侯，一匡天下，而為五霸之首。
⑱病病：第一個病是「憂慮」的意思，動詞。後者是「疾病」，名詞。
⑲無名：還沒有成形的時候。
⑳功：治療的功效。
㉑自然：這裡指非由外力介入治療，而是渾然天成的恢復健康。
㉒化之：化解、消除疾病。
㉓敗之：打敗疾病。
㉔創伸股維：傷口擴大了，大腿也治不好。創：傷口。股：大腿。維：保全。

評析

《世賢》，是世俗之賢人，以醫生爲賢人的代表，從治病領悟到治理社會疾病的方法。扁鵲大哥的醫術猶如古代的聖人，是最好的統治者象徵，他們治理社會好比良醫的手段，使社會疾病藉由完善教育等政策自然轉化，直到痊癒。這是注重潛移默化的最高境界，也是最高的標準。

再次一等，就像賢明如卓襄王之類的統治者，他們治理社會好比扁鵲二哥的醫術，努力發現問題、找出弊端，在疾病剛萌芽時治療，從而維持社會的健康發展。然而一般的統治者，則是等到問題出現並擴大到全身後，才施以更重的針灸、藥石、敷藥，雖然病人的病情好轉了，但身體也因為強烈的醫療手段，受到副作用的創傷。

總結良醫治病的關鍵，就是「防患於未然」、「預防勝於治療」，提早發現問題，及時預防，絕對比收拾善後還要重要。治國也需要「預防醫學」，國家需要有如良醫的統治者，讓社會風氣自然轉化，才能保持健康的方向。

經典故事

卓襄王問龐煖：「統治別人的人，也能管理好國家嗎？」

龐煖恭謹回答：「您難道沒聽說名醫俞跗（ㄈㄨ）是如何治病嗎？任何疾病他必能治好，連鬼神都躲著他。我們看看從前楚王即位時任用御醫的標準，就像古時堯任用賢人一樣：不用親戚，一定要任用能治病的人；不用寵愛的人，一定要用經驗豐富的老醫生。楚王聽人講解史書，身體若有不適，一定等待像俞跗這樣的良醫來救治。」卓襄王點頭稱是。

龐煖又說：「您忘了嗎？從前伊尹治商朝，姜太公治周武王，百里奚治秦國，申麃（ㄅㄧㄠ）治楚國，原季治晉國，范蠡治越國，管仲治齊國，在這些賢相的治理下使五國稱霸。他們的能力都很好，但是治理的方法不同。」卓襄王不禁感到好奇，說：「願聞其詳。」

龐煖說：「您沒聽說魏文王問扁鵲的故事嗎？魏文王問：『你兄弟三人，哪一個最擅長醫術？』扁鵲說：『我大哥的醫術最好，二哥其次，我最不擅長。」魏文侯問：『爲什麼？』

扁鵲說：『我大哥看病，在病兆沒有形成以前就消除了病因，所以名聲傳不出家門；二哥治病，病因才剛剛萌芽就消除了，所以名聲傳不出鄉里；像我這樣的醫師，只知用針灸刺血脈，給病人吃強效但有副作用的藥，用藥膏敷肌膚，所以名聲得以在諸侯間聞名。』魏文侯說：『如果讓管仲用扁鵲的方法治理齊國，那麼齊桓公還能成爲霸主嗎？』」

卓襄王點點頭，心想，以潛移默化的方式治理百姓，確實比強勢干預、窮兵黷武的方式好得多。

龐煖於是說：「這種人不擔心患病，因爲他們在疾病還沒有萌芽前就治療了，使病因在無形中消除，功效就在這裡，這叫做自然。所以好的醫生能消除病因，差的醫生則是打敗疾病，病人就算僥倖不死，但傷口擴大了，大腿也好不了。」

卓襄王沉思之後，說道：「我雖然不能像扁鵲的大哥，在疾病沒有發作前就治好病，但是和他的二哥相比，還是差不多的，誰能在我身上施加微小的病因呢？」

經典知識

相關成語：「防微杜漸」、「防患於未然」、「預防勝於治療」。比喻人要防備禍患的萌芽，杜絕亂源的開端，避免問題擴大到無法收拾的地步。

60. 火石與火鐮

（清．吳沃堯《俏皮話》）

經典原文

火石與火鐮相撞相擊而生火①。火石曰：「此我蘊蓄②之火也，於鐮無與焉③。」火鐮亦曰：「此我去撞而出火也，於石何與焉？」於是鐮與石各自以爲是④，背道而馳⑤。

一日，石欲得火，撞於他物之上，百撞⑥不得火也。鐮欲得火，擊於他物之上，其不得火也亦如石。於是知相依之可貴，相與言和⑦，復歸一處，寸步不離⑧。以爲如是，則隨時可得火矣。火絨⑨聞之，趨⑩而遠避。

鐮與石相撞相擊，火星四射，而旋起旋滅⑪，有如電光，卒⑫不得燃。君子於此，嘆剛柔相濟之功也⑬。

作者

吳沃堯（一八六六年～一九一〇年），字小允，又字繭人，後改名趼人，廣東佛山人。一八九七年在上海創辦小報，以《寓言報》最爲著名。擅寫小說，《二十年目睹之怪現狀》轟動一時，影響深遠，是晚清「四大譴責小說」之一，內容揭露和譴責社會上的醜惡現象。與李伯元、劉鶚、曾樸合稱「晚清四大小說家」。

題解

本文出自《俏皮話》。以擬人化的手法，敘述火石與火鐮相依相存的關係。火石與火鐮原本是最好的生火夥伴，卻自以爲是，與對方分道揚鑣，後來發現自己與他物無法擦出火花，才明白彼此的重要，但火絨卻在此時逃走了，使它們終究無法得到火。作者意在揭示萬物剛柔相濟、互相依存的道理。

注釋

①火石：古時取火用的燧石。火鐮：打火用的器具，形狀像鐮刀，故稱為「火鐮」。火石與火鐮相撞，就會擦出火星，點燃火絨（ㄖㄨㄥˊ）。

②蘊蓄：積藏於內，還沒顯露出來。

③無與：沒有關係。

④自以為是：自認為自己的觀點與做法皆正確，不肯虛心的接受別人意見。

⑤背道而馳：意同「分道揚鑣」，比喻所要到達的目標和實際進行的方向完全相反。這裡指火石與火鐮不合作生火，各走各的路。

⑥百撞：撞擊多次。百：形容眾多。

⑦言和：和好的意思。

⑧寸步不離：緊緊跟隨著，一小步也不離開。比喻關係密切，總是在一起。

⑨火絨：以燧石取火時所用的引燃物。

⑩趨：快步走。

⑪旋：立刻，很快的。
⑫卒：音ㄗㄨˊ，終究。
⑬剛柔相濟：剛強與柔和二種手段互相調劑、配合。

評析

這世上許多的事物都是相輔相成的，合則有利，分則有害，比如火石與火鐮，當它們一起合作生火時，可創造雙贏的效果，但是當任何一方「自以爲是」，想要單獨作爲一個個體、卻具有全體的功能，其實是心有餘而力不足。

作者在故事中段帶給我們這樣的省思，到了後面，則透過火絨的角色，提出更進一步的問題。在火絨的眼中看來，火石與火鐮分手，不只是因爲它們自以爲是，還有更嚴重的誠信與背叛的問題，火石、火鐮拋棄夥伴的行爲，使火絨感到害怕，因而離開它們。但是，火絨離開之後，還能靠自己生火嗎？

我們將故事對應到人的身上，人與自然界也是相互依存的關係，但是人類往往依恃自己是「萬物之靈」而輕賤萬物，破壞自然。在人格的養成上，我們可以獨立自主，但生存上仍須彼此協助，才能共存共榮。透過寓言，讓我們反省自身的作爲，也從中瞭解團結的重要性。

經典故事

火石和火鐮相撞相擊而生火，一直是對好夥伴。有一天，火石忽然說：「這是我蘊蓄的火，和火鐮沒有關係啊！」火鐮聽了不服氣，也說：「這是我去撞擊才

造成的火星，跟火石有什麼關係？」火鐮和火石各自堅持自己的觀點，認爲自己最好，於是決定拆夥，分道揚鑣。

過了沒多久，火石想生火了，它試著撞其他物體，看能不能產生火星，卻百撞得不到火。火鐮也想生火了，可是當他擊到其他物體上，也和火石一樣得不到火。於是它們終於瞭解彼此的重要，知道相互依存的可貴，它們決定和好，重新合作，寸步不離，以爲這樣就隨時可以得到火了。火絨聽說這件事，卻跑到很遠的地方避開它們，因爲它覺得火石和火鐮會拋棄夥伴，所以不想跟它們合作了。

在沒有火絨的情況下，火鐮和火石相撞相擊，火星四射，卻剛點著火星就滅了，短暫得有如電光，終究還是不能燃燒起來。君子知道這件事，不禁爲萬物剛柔相濟的道理感到嘆服。

經典知識

相關成語：「剛柔並濟」、「唇齒相依」、「輔車相依」。形容萬物都是互相依存的關係，必須相輔相成才能發揮效用。

文言文閱讀素養120題

1.（　）晏子用什麼技巧來反擊楚王？（橘逾淮爲枳（春秋齊・晏嬰）p.1）

(A)直斥其非，指謫楚王不該對大使無理。

(B)委曲求全，爲了出使順利而忍辱負重。

(C)以牙還牙，利用楚王的邏輯反擊楚王。

(D)不動如山，不將楚王的羞辱放在眼裡。

2.（　）下列哪兩個選項的「坐」字意義相同？可複選。（橘逾淮爲枳（春秋齊・晏嬰）p.1）

(A)停車「坐」愛楓林晚，雙葉紅於二月花。

(B)「坐」法當死。

(C)「坐」收漁翁之利。

(D)「坐」盜。

3.（　）楚靈王任用人才的標準是什麼？（楚王好細腰（春秋宋・墨翟）p.5）

(A)選賢明睿智者。

(B)選博學多才者。

(C)選腰圍纖細者。

(D)選俊美風流者。

4.（　）以下哪一個「期」字的讀音正確？（楚王好細腰（春秋宋・墨翟）p.5）

(A)外無「期」（ㄑㄧˊ）功彊近之親，內無應門五尺之僮。

(B)比「期」（ㄐㄧ）年，朝有黧黑之色。

(C)你道是天公不可「期」（ㄐㄧ），人心不可憐，不知皇天也肯從人願。

(D)三年之喪，「期」（ㄑㄧˊ）已久矣。

5.（　）比較一下老虎和苛政，以下何者符合故事主旨？可複選。（苛政猛於虎（《禮記》）p.8）

(A)老虎肚子餓才吃人，但苛政是惡意壓榨人民。

(B)老虎和苛政都會使人喪命。

(C)苛政會傷害百姓，也會折磨老虎。

(D)老虎和苛政都會使人幸福。

6.（　）「夫子憑式而聽之」以下正確的是？（苛政猛於虎（《禮記》）p.8）

(A)夫子聽他人說話前所進行的儀式。

(B)夫子憑著法則來判斷對方說的話。

(C)夫子站在車上，俯身靠著軾，聆聽別人說話。

(D)夫子在車上聽人說話，以維持老師的威嚴。

7.（　）怎樣才能避免「杞人憂天」的煩惱？（杞人憂天（戰國・列禦寇）p.12）

(A)研讀天文、地理之學，成爲專家。

(B)遇事要深入思考，以求理解。

(C)關在家裡閉門讀書，尋找答案。

(D)逢人就提出大量的疑問。

8.（　）以下「亡」字的讀音與字義，何者錯誤？（杞人憂天（戰國・列禦寇）p.12）

(A)憂天地崩墜，身亡所寄。（ㄨˊ，死亡）

(B)亡羊補牢，猶未晚矣。（ㄨㄤˊ，失去）

(C)爲長夜之飲，亡其甲子。（ㄨㄤˊ，忘記）

(D)國家將亡，必有妖孽。（ㄨㄤˊ，消滅）

9.（　）國先生「偷盜」致富的方法，下列何者錯誤？（向氏學盜（戰國・列禦寇）p.16）

(A)充分運用自然資源。
(B)種植莊稼、築牆、蓋房屋。
(C)打獵、捕魚，將所得帶到市場販賣。
(D)翻牆到別人的屋內拿取財物。

10.（　）「喻其爲盜之言，而不喻其爲盜之道」的意思是？（向氏學盜（戰國・列禦寇）p.16）

(A)用強盜作爲比喻，而不說明盜亦有道的道理。
(B)只明白對方提到強盜，而不理解言語背後的道理。
(C)告知對方自己是強盜，卻不說做強盜的方法。
(D)只知道對方是強盜，而不知對方是如何成爲強盜。

11.（　）爲了馴服猴子們，狙公用的是什麼方法？（狙公養猴（戰國・列禦寇）p.20）

(A)利用猴子聽不懂人話的弱點。
(B)趁猴子飢餓時提出建議。
(C)利用猴子討厭損失的心理。
(D)混淆猴子對朝與暮（日與夜）的認知。

12.（　）下列哪兩個選項的詞語意思相近？可複選。（狙公養猴（戰國・列禦寇）p.20）

(A)充狙之欲，「俄而」匱焉。
(B)其行如飛，「倏忽」不見。
(C)感我此言「良久」立，卻坐促弦弦轉急。
(D)「少焉」，月出於東山之上，徘徊於斗牛之間。

13.（　）以下何者是鮑氏之子看待萬物的態度？（鮑氏之子（戰國・列禦寇）p.23）

(A)能平等對待萬物，沒有貴賤之分。

(B)人類是萬物之靈，比其他物種高等。

(C)動、植物被創造出來，是爲了給人享用。

(D)以齊田氏的說法爲標準。

14.（　）「齊田氏祖於庭」的「祖」字，在這裡的意思是？（鮑氏之子（戰國・列禦寇）p.23）

(A)齊田氏在庭院拜祖先。

(B)齊田氏在庭院祭祀路神。

(C)齊田氏祖先的廟就在庭院內。

(D)齊田氏在庭院設宴爲人送行。

15.（　）以下何者「不是」用誇飾法形容韓娥的歌聲？（韓娥善歌（戰國・列禦寇）p.27）

(A)餘音繞梁欐，三日不絕。

(B)一里老幼，悲愁垂涕相對，三日不食。

(C)一里老幼，喜躍抃舞，弗能自禁。

(D)雍門之人至今善歌哭，放娥之遺聲。

16.（　）以下哪個「之」的意義與其他的「之」不同？（韓娥善歌（戰國・列禦寇）p.27）

(A)逆旅人辱「之」。

(B)昔韓娥東「之」齊。

(C)遽而追「之」。

(D)乃厚賂發「之」。

17.（　　）獻上「不龜手之藥」的人，爲什麼受到吳王重用？（不龜手之藥（戰國・莊周）p.31）
(A)因爲他能有創意的應用藥膏。
(B)因爲他用低成本買進藥膏，爲國家省錢。
(C)因爲吳王有遠見，知道藥膏日後必有大用。
(D)因爲他呈獻的藥膏，是軍隊冬天打仗所需要的。

18.（　　）「不龜手之藥」的「龜」字，讀音和字義與下列哪一項相同？（不龜手之藥（戰國・莊周）p.31）
(A)老「龜」煮不爛，移禍於枯桑。
(B)「龜」茲國事漢代的西域國之一。
(C)天氣乾旱日久，稻田都「龜」裂了。
(D)「龜」甲萬醬油是新感覺的醍醐味。

19.（　　）「挈妻子而去走」句中，「去走」的意思是？（西施病心（戰國・莊周）p.35）
(A)往……去。
(B)去了，再走回來。
(C)走路。
(D)離開。

20.（　　）「其里之富人見之，堅閉門而不出；貧人見之，挈妻子而去走。」運用的修辭方法是？可複選。（西施病心（戰國・莊周）p.35）
(A)譬喻，形容西施之美。
(B)排比，對照富人、貧人的反應相似。
(C)誇飾，形容東施之醜。
(D)對仗，使句子工整。

21.（　）以下引號中「適」的讀音與字義，何者皆正確？（埳井之蛙（戰國・莊周）p.38）
(A)「適適」然。音 ㄊㄧˋ，憂心、恐懼。
(B)截趾「適」履。音 ㄕˋ，舒服。
(C)立「適」以長，不以賢。音 ㄕˋ，正妻所生的兒子。
(D)「適」逢其會。音 ㄉㄧˊ，恰巧。

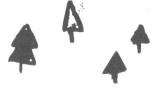

22.（　）從「埳井之蛙」的故事引申，以下何者正確？（埳井之蛙（戰國・莊周）p.38）
(A)東海鱉不應該勉強埳井蛙跟隨牠到大海旅行。
(B)埳井之蛙很清楚大海並不適合青蛙生活。
(C)唯有不甘成為埳井之蛙的人，才有可能追尋海闊天空的世界。
(D)東海鱉不肯踏進井裡，就跟埳井蛙一樣故步自封。

23.（　）下列何者的字義與「其行故矣」的「故」相同？可複選。（邯鄲學步（戰國・莊周）p.42）
(A)意外變「故」。
(B)歸燕識「故」巢。
(C)富貴不歸「故」鄉，如衣繡夜行。
(D)「故」弄玄虛。

24.（　）以下何者為「邯鄲學步」的故事寓意？可複選（邯鄲學步（戰國・莊周）p.42）
(A)倘若全盤否定自己，盲目學習的結果可能是徒勞無功。
(B)想要學習新事物，必須先拋去舊有的習慣。
(C)在學習新事物以前，應該先進行觀察與研究。
(D)學習應該是自然而然的，而不是勉強自己去學。

25.（　　）以下何者「不是」形容遇到危險時鎮定沉著的態度？（匠石運斤（戰國・莊周）p.45）

(A)泰山崩於前而色不改。
(B)面不改色。
(C)立不失容。
(D)臉不紅，氣不喘。

26.（　　）郢人和匠石之間的關係，以下何者正確？（匠石運斤（戰國・莊周）p.45）

(A)顧慮重重。
(B)彼此信任。
(C)士爲知己者死。
(D)相親相愛。

27.（　　）以下引號內的詞語，何者用字正確？（涸轍之鮒（戰國・莊周）p.48）

(A)往貸「栗」於監河侯。
(B)車「轍」中有鮒魚焉。
(C)曾不如早索我於枯魚之「肆」。
(D)莊周「憒」然作色。

28.（　　）「涸轍之鮒」帶給我們的教訓是？（涸轍之鮒（戰國・莊周）p.48）

(A)朋友來向我們借錢，應儘快答應。
(B)看見動物有難，應及時伸出援手。
(C)若能力允許，應當誠心的幫助對方。
(D)應該說到做到，不可開空頭支票。

29.（　）以下的「或」字，何者做「有人」解釋？（魯人徙越（戰國・韓非）p.52）
(A)「或」謂良平之畫復興於當今。
(B)他「或」許不回來吃飯了。
(C)「或」者因一紙字中，拆散了一世的姻緣。
(D)民生必需品是不可「或」缺的。

30.（　）根據故事，以下四項爲魯人搬家的計畫，何者是最好的方式？（魯人徙越（戰國・韓非）p.52）
(A)決定搬家→搬家→市調→在越營業
(B)決定搬家→搬家→在越營業→市調
(C)在越營業→決定搬家→搬家→市調
(D)市調→決定搬家→搬家→在越營業

31.（　）以下哪個「好」字的讀音和字義完全正確？（濫竽充數（戰國・韓非）p.55）
(A)人人盡說江南好，遊人只合江南老。（ㄏㄠˋ，美）
(B)誰和我好，我就和誰好。（ㄏㄠˋ，彼此親愛）
(C)富貴如不可求，從吾所好。（ㄏㄠˋ，心中所喜愛的事）
(D)他向來潔身自好，絕不會做出傷天害理的事。（ㄏㄠˇ，善）

32.（　）由小觀大，從吹竽看治國，齊宣王和齊湣王的差別是什麼？（濫竽充數（戰國・韓非）p.55）
(A)齊宣王要臣子團隊合作，齊湣王要臣子獨當一面。
(B)齊宣王用人只看表面，齊湣王用人要先測試實力。
(C)齊宣王愛聽合奏，齊湣王則愛聽獨奏。
(D)齊宣王處事隨和，齊湣王則嚴格苛刻。

33.（　）下列引號中，何者與「綴以珠玉」的「以」字意義相同？（買櫝還珠（戰國・韓非）p.58）
(A)「以」禮待之。
(B)君子不「以」言舉人，不「以」人廢言。
(C)斧斤「以」時入山林，材木不可勝用也。
(D)價格在一千元「以」上。

34.（　）「買櫝還珠」的故事，帶給消費者什麼省思？（買櫝還珠（戰國・韓非）p.58）
(A)便宜沒好貨，買昂貴的商品才能享受高品質。
(B)商品價格昂貴，是因為許多成本投注在包裝上。
(C)貨比三家不吃虧，別人賣的珠寶可能更便宜。
(D)想買到價格合理的商品，就要挑選包裝精美的。

35.（　）「吾盾之堅，物莫能陷也」的「莫」，字義與下列何者相同？（自相矛盾（戰國・韓非）p.61）
(A)人生得意須盡歡，「莫」使金樽空對月。
(B)此事令人一籌「莫」展。
(C)世事變化「莫」測。
(D)哀「莫」大於心死。

36.（　）下列何者可以用「自相矛盾」來形容？（自相矛盾（戰國・韓非）p.61）
(A)男孩想對女孩說「我愛妳」，卻又不敢說出口。
(B)理想與現實永遠是互相牴觸的。
(C)想要上網學習知識，但一上網就玩遊戲。
(D)商人說自家生產的食品無毒，卻又不敢吃自家的食品。

37.（　）「而身爲宋國笑」一句的意思是？（守株待兔（戰國‧韓非》）p.64）
(A)人品還受到宋國人的嘲笑。
(B)還親自承受宋國人的嘲笑。
(C)身分還受到宋國人的嘲笑。
(D)自己還受到宋國人的嘲笑。

38.（　）以下何者不是「守株待兔」故事的寓意？（守株待兔（戰國‧韓非》）p.64）
(A)只要繼續堅持下去，就能達到理想的目標。
(B)君王治國不能因循守舊，而不顧是否適合當前社會。
(C)不勞而獲的事，絕對不可能平白的發生。
(D)想要收穫，就該自己創造機會，而非留在原地等待。

39.（　）以下「且」字的意義，何者錯誤？（畫蛇添足（《戰國策》）p.67）
(A)你「且」坐著。（暫時）
(B)神木既高「且」大。（又、並）
(C)一人蛇成，引酒「且」飲之。（已經）
(D)「且」北方之人，不習水戰。（況且）

40.（　）以下歸納「畫蛇添足」的主旨，何者正確？（畫蛇添足（《戰國策》）p.67）
(A)多做、多錯，爲人只要謹守本分就好。
(B)在事情之外添上不必要的內容，反而會造成錯誤。
(C)細心得太過分了，反成累贅。
(D)將蛇添上腳就成爲蜥蜴，也是一種創新。

41.（　）「今子食我，是逆天帝之命也」的「逆」，與下列何者相同？（狐假虎威（《戰國策》）p.71）

(A)「逆」境。（不順的）

(B)順天者存，「逆」天者亡。（違背）

(C)楚莊王伐鄭，鄭伯肉袒牽羊以「逆」。（迎接）

(D)學如「逆」水行舟，不進則退。（倒）

42.（　）狐狸「狐假虎威」的計策是什麼？（狐假虎威（《戰國策》）p.71）

(A)用調虎離山之計，轉移老虎的注意力。

(B)初生之犢不畏虎，正面力搏老虎。

(C)先洞悉老虎的愚昧，再用謊言欺騙牠。

(D)兩虎相爭必有一傷，不如以利益換得不死。

43.（　）「故瘡未息而驚心未去也」的「息」字，與下列何者相同？（驚弓之鳥（《戰國策》）p.74）

(A)這家店鋪的客人川流不「息」。

(B)飢者弗食，勞者弗「息」。

(C)得了病的牛隻，奄奄一「息」的倒在路邊。

(D)姑「息」養奸的結果，將會危害到自己。

44.（　）下列哪個狀況符合「驚弓之鳥」的本義？（驚弓之鳥（《戰國策》）p.74）

(A)他總是懷疑家裡被人監聽。

(B)他從來不敢一個人在半夜出門。

(C)半路衝出一條野狗對他狂吠，他嚇得魂飛魄散。

(D)他曾經出過車禍，現在看到機車就害怕。

45.（　）以下「之」字的用法，何者錯誤？（南轅北轍（《戰國策》）p.78）

(A)文章經國「之」大業，不朽「之」盛事。（的）
(B)君「之」楚，將奚爲北面？（之於）
(C)愛「之」欲其生。（代詞，他）
(D)此事令人悵恨久「之」。（助詞，無義）

46.（　）透過「南轅北轍」的故事，可知季梁的主張爲何？（南轅北轍（《戰國策》）p.78）

(A)成就霸業不在於武力，而在君王是否有使天下心服的做法。
(B)爲了預防敵軍埋伏，必須讓魏軍行軍時走正確的路。
(C)武力征服，是君王成就霸業最迅速有效的方式。
(D)君王想要成就霸業，應該以禮樂教化來治理國家。

47.（　）以下「御」字的用法，何者錯誤？（螳臂擋車（西漢・漢嬰）p.82）

(A)齊莊公問其「御」曰：「此何蟲也？」（駕車的人）
(B)春城無處不飛花，寒食東風「御」柳斜。（御花園）
(C)「御」史大夫負責監察百官。（官名）
(D)魏王決定「御」駕親征，攻打邯鄲。（統治）

48.（　）關於齊莊公禮讓螳螂的做法，以下何者正確？可複選。（螳臂當車（西漢・漢嬰）p.82）

(A)上天有好生之德，故不願意傷害螳螂。
(B)是出於尊重勇士的動機，敬佩小螳螂的勇敢。
(C)君王尊重勇士的態度，能使四方的眞勇士前來效力。
(D)不與自不量力的螳螂一般見識，因而繞道而行。

49.（　）故事中，「其父曰」的「父」，其字義與下列何者相同？（塞翁失馬（西漢・劉安）p.85）
(A)帝顓頊師伯夷「父」。（古代對男子的美稱）
(B)「父」兮生我，母兮鞠我。（對父親的稱呼）
(C)雨夜老農傷水旱，雪晴漁「父」共舟船。（野老的通稱）
(D)項羽，其季「父」項梁。（尊稱親族中的男性長輩）

50.（　）以下哪個形容符合「禍福相倚」的道理？（塞翁失馬（西漢・劉安）p.85）
(A)差之毫釐，失之千里。
(B)得之，我幸；不得，我命。
(C)求之不得，寤寐思服。
(D)失之東隅，收之桑榆。

51.（　）「知不足以知君之不善」的兩個「知」字用法，下列何者正確？（景公善聽（西漢・劉向）p.89）
(A)第一個音ㄓˋ，智慧。第二個音ㄓ，察覺。
(B)第一個音ㄓ，交往。第二個音ㄓ，瞭解。
(C)第一個音ㄓ，知己。第二個音ㄓ，瞭解。
(D)第一個音ㄓ，察覺。第二個音ㄓˋ，智慧。

52.（　）「景公善聽」故事中的弦章形象，何者有誤？（景公善聽（西漢・劉向）p.89）
(A)弦章以寓言諷諫，說服力強。
(B)弦章刻意仿效晏子的言行，樹立賢人形象。
(C)弦章謝絕賞賜，是爲了有立場勸諫君王。
(D)弦章洞察力強，一語道破臣子阿諛奉承的眞相。

53.（　）下列句子所用的寫作手法，何者有誤？（葉公好龍（西漢・劉向）p.94）

(A)鉤以寫龍，鑿以寫龍，屋室雕文以寫龍。（直接敘述）

(B)龍聞而下之，窺頭於牖，施尾於堂。（動作描寫）

(C)是葉公非好龍也，好夫似龍而非龍者也。（議論）

(D)失其魂魄，五色無主。（譬喻）

54.（　）從「葉公好龍」的故事，可以知道葉公是怎樣的人？（葉公好龍（西漢・劉向）p.94）

(A)喜愛眞龍。

(B)膽大而心細。

(C)沽名釣譽。

(D)醉心於藝術。

55.（　）以下的「掉」字，何者有「擺動」的意思？（對牛彈琴（西漢・牟融）p.97）

(A)王子掉頭去，長沙萬里餘。

(B)尾大不掉。

(C)不見棺材不掉淚。

(D)這裡掉了幾個字，等下就補上去。

56.（　）以下「對牛彈琴」的用法，何者正確？（可複選）（對牛彈琴（西漢・牟融）p.97）

(A)伯牙所彈的琴曲，鍾子期都能領會，是對牛彈琴的知己。

(B)我請他買醬油回來，他卻帶回醋，眞是對牛彈琴。

(C)對外國人介紹唐詩，可能會對牛彈琴，也可能喜遇知音。

(D)我白花了整個下午時間跟他談電影藝術，簡直是對牛彈琴。

57.（　）「仕數不遇」的「數」字是「屢次」的意思，下列何者用法相同？（仕數不遇（東漢・王充）p.100）
(A)不可勝「數」。
(B)「數」典忘祖。
(C)「數」見不鮮。
(D)如「數」家珍。

58.（　）周人「仕數不遇」，主要是因爲？（仕數不遇（東漢・王充）p.100）
(A)人才任用只能憑統治者好惡。
(B)個性衝動，不聽他人的勸告。
(C)一味迎合，沒有眞正的實力。
(D)自視甚高，不願屈居於人下。

59.（　）以下哪個選項的句子運用了「狀聲詞」？（隨聲逐響（東漢・王符）p.104）
(A)豕俯仰嚘咿。
(B)司原縱噪之。
(C)競舉音而和之。
(D)豕駭懼，眞聲出。

60.（　）因爲時尚潮流，一窩蜂的領養名貓名犬的行爲稱爲？（隨聲逐響（東漢・王符）p.104）
(A)獨排眾議。
(B)各持己見。
(C)隨聲逐響。
(D)繪聲繪影。

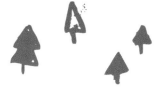

61.（　　）「則使門下史將鈴下」的「將」字，讀音、字義與下列何者皆相同？（杯弓蛇影（東漢・應劭）p.108）

(A)欲「將」輕騎逐，大雪滿弓刀。
(B)人之「將」死，其言也善。
(C)韓信「將」兵，多多益善。
(D)「將」炙啖朱亥，持觴勸侯嬴。

62.（　　）以下何者是「杯弓蛇影」的啓示？（杯弓蛇影（東漢・應劭）p.108）

(A)懷疑所有的事物，才是科學的精神。
(B)透過調查研究分辨眞相，才能獲得解決的方法。
(C)身心一旦出了問題，應該立即就醫治療。
(D)畏懼權勢而不得已飲酒，是軟弱的行爲。

63.（　　）「汝見我不？」的「不」字，意義與下列何者相同？（一葉障目（三國魏・邯鄲淳）p.112）

(A)晚上回家的消遣，「不」是看書，就是聽音樂。
(B)寄言向江水，汝意憶儂「不」？
(C)誤會澄清了，心情好「不」輕鬆！
(D)「不」到烏江心不死。

64.（　　）以下成語的用法何者正確？（一葉障目（三國魏・邯鄲淳）p.112）

(A)採取不同觀點的思考，可避免一葉障目。
(B)爲了順利捕捉麻雀，一葉障目是有必要的。
(C)軍隊深入敵後，須以一葉障目來掩人耳目。
(D)從一葉障目，可推知事物的演變和趨勢。

65.（　）以下括弧中的讀音何者正確？（桑中生李（東晉・葛洪）p.116）
(A)在樹蔭（ㄧㄣ）底下乘涼。
(B)翕（ㄕㄜˋ）集家門，傾動人物。
(C)窗外大雨滂沱（ㄆㄤ　ㄊㄨㄛˊ）。
(D)倘無匠石斫（ㄓㄜˊ）鼻的技藝，就無法完成這件作品。

66.（　）以下何者最接近「桑中生李」故事所諷喻的情況？（桑中生李（東晉・葛洪）p.116）
(A)電影明星都是帥哥、美女，是完美無缺的人。
(B)他偶然在電視上接受採訪，大家就覺得他是專家。
(C)人們需要偶像，是出於想變得更好的心理。
(D)崇拜某人、某事物，是人類的天性。

67.（　）以下的「冠」字，其讀音、詞性何者皆正確？（大鰲與群蟻（南北朝前秦・苻朗）p.120）
(A)「冠」者五六人，童子六七人，浴乎沂。（ㄍㄨㄢ，名詞）
(B)牡丹花獨「冠」群芳。（ㄍㄨㄢ，動詞）
(C)怒髮衝「冠」，憑欄處，瀟瀟雨歇。（ㄍㄨㄢˋ，名詞）
(D)彼之「冠」山，何異我之戴粒？（ㄍㄨㄢˋ，動詞）

68.（　）群蟻觀看大鰲出海後，爲何覺得來看大鰲是沒有必要的？（大鰲與群蟻（南北朝前秦・苻朗）p.120）
(A)大鰲出海的景象並不精彩，群蟻感到失望。
(B)大鰲跟群蟻的生活沒有兩樣，並不特別。
(C)群蟻眼界狹窄，認爲自己的生活比大鰲逍遙。
(D)群蟻被大鰲出海的景象嚇到了，不想再看。

69.（　）「賞子以萬金之費」的「子」字，意義與下列何者相同？（后羿射不中（南北朝前秦・苻朗）p.124）
(A)以「子」之矛陷「子」之盾何如？
(B)不入虎穴，焉得虎「子」。
(C)封建者，必私其土，「子」其人。
(D)孔「子」厄於陳、蔡。

70.（　）怎樣才能做到彌仁所謂的「遺其喜懼，去其萬金」？（后羿射不中（南北朝前秦・苻朗）p.124）
(A)成為不戚戚於名利、不汲汲於富貴的大丈夫。
(B)培養出路不拾遺的好品格。
(C)凡事我行我素，不受外界的影響。
(D)學習調整、控制情緒，增加心靈的抗壓性。

71.（　）以下引號中的字，哪一個的讀音或字義錯誤？（公輸刻鳳（北齊・劉晝）p.128）
(A)麤：ㄘㄨˋ，遙遠。
(B)焱：ㄧㄢˋ，火花、火焰。
(C)鱻：ㄒㄧㄢ，滋味甜美。
(D)掱：ㄕㄡˇ，扒手。

72.（　）公輸般面對別人的嘲笑而不辯解，原因為何？（公輸刻鳳（北齊・劉晝）p.128）
(A)心無旁騖，專注於雕刻創作。
(B)心裡已經承認，只是沒有公開表示。
(C)只想以實際的成果，來證明自己的技藝。
(D)敵眾我寡，一人無法與大眾抗衡。

73.（　）以下解釋何者有誤？（車翻豆覆（隋・侯白）p.132）

(A)著尾子：長尾巴。

(B)無復遺餘：幾乎沒有遺漏掉的。

(C)可畏：可能害怕。

(D)背我走去：背棄我而去。

74.（　）故事中的傻子犯了一些錯誤，以下何者有誤？（車翻豆覆（隋・侯白）p.132）

(A)擇善固執，堅持要救回黑豆。

(B)自欺欺人，不承認自己沒見過蝌蚪。

(C)自作聰明，把蝌蚪當成黑豆。

(D)愚昧無知，不去探究黑豆不見的原因。

75.（　）下列的讀音何者有誤？可複選。（羆說（唐・柳宗元）p.136）

(A)羆：音ㄅㄚˋ。

(B)貙：音ㄔㄨ。

(C)捽：音ㄗㄨˊ。

(D)罌：音ㄧㄥ。

76.（　）故事中的獵人主要犯的是什麼錯誤？（羆說（唐・柳宗元）p.136）

(A)吹笛的技藝不佳，被群獸拆穿把戲。

(B)應該精進狩獵技巧，而非只是模仿獸鳴。

(C)在羆出現以前，未能及時逃走。

(D)吹笛的技藝太好了，以致於引出猛獸。

77.（　）以下句子中的「之」字，何者意義與其他三個選項不同？（臨江之麋（唐・柳宗元）p.140）

(A)畋得麋麑，畜「之」。
(B)犬畏主人，與「之」俯仰甚善。
(C)外犬見而喜且怒，共殺食「之」。
(D)群犬垂涎，揚尾皆來。其人怒，怛「之」。

78.（　）「臨江之麋」中的家犬頻舔嘴唇的意思是？（臨江之麋（唐・柳宗元）p.140）

(A)在盤算著吃掉鹿的時機。
(B)雖然畏懼主人，但心裡很想吃掉鹿。
(C)無視主人的命令，表露想吃鹿的企圖。
(D)即使是家犬，仍然具有野性。

79.（　）下列詞語的解釋何者正確？（雁奴（北宋・宋祁）p.144）

(A)雜然：很混亂的樣子。
(B)陰布：暗中布下。
(C)無驗：沒有檢查。
(D)少選：過了很久。

80.（　）雁群該怎麼應對獵人「三燎三滅」的行爲？（雁奴（北宋・宋祁）p.144）

(A)團結一心，一起設法將火給熄滅。
(B)謹慎行事，觀察多次以後再做打算。
(C)信任雁奴，在第一次火光時就應該逃生。
(D)責備雁奴，應有確切的證據才能示警。

81.（　）以下詞語的讀音何者有誤？（恃勝失備（北宋‧沈括）p.148）
(A)噀：音ㄓㄨㄢˋ。
(B)揕：音ㄓㄣˋ。
(C)芻：音ㄔㄨˊ。
(D)泄：音ㄒㄧㄝˋ。

82.（　）故事中的強盜想致勝的話，應該怎麼做？（恃勝失備（北宋‧沈括）p.148）
(A)精益求精，將舊招數再練習得更熟練。
(B)不喝水，直接使出舊招。
(C)不讓他人知道招數的用法。
(D)發明新的招數，讓敵人防不勝防。

83.（　）下列括號中的詞語，哪一個不做動詞使用？（黠鼠（北宋‧蘇軾）p.152）
(A)使童子「燭」之。
(B)「發」而視之。
(C)鼠之「黠」也。
(D)此鼠之見「閉」而不得去者也。

84.（　）蘇軾從捕鼠的過程領悟到什麼寓意？下列何者錯誤？（黠鼠（北宋‧蘇軾）p.152）
(A)人難免被鼠輩給欺騙。
(B)對付老鼠需要更精進的方法。
(C)自己不專注讀書，以致於受到老鼠的影響。
(D)面對危機時，都該像老鼠那樣機警應對。

85.（　　）以下詞語的讀音與解釋，何者有誤？（烏戒（北宋・兆補之）p.156）

(A)黠：ㄒㄧㄚˊ，狡猾。

(B)楮錢：ㄔㄨˇ ㄑㄧㄢˊ，紙錢。

(C)周身：ㄓㄡ ㄕㄣ，保全性命。

(D)見賣：ㄐㄧㄢˋ ㄇㄞˋ，看人家做買賣。

86.（　　）從烏鴉的下場，我們可以領悟到（烏戒（北宋・兆補之）p.156）

(A)人必自重而後人重之。

(B)面對強大的敵人，只能智取，不能力敵。

(C)知己知彼，百戰百勝。

(D)路遙知馬力，日久見人心。

87.（　　）下面的詞語，哪一個意義與「須臾」不同？（應舉忌落（宋・范正敏）p.160）

(A)轉瞬。

(B)俄傾。

(C)良久。

(D)斯須。

88.（　　）以下哪些不屬於「言語」避諱的現象？（應舉忌落（宋・范正敏）p.160）

(A)與朋友分開時，不能送對方「梨子」。

(B)漢代呂后名「雉」，臣子遇到雉要稱「野雞」。

(C)林黛玉之母叫賈敏，故林黛玉遇到「敏」字都讀成「米或密」。

(D)在老人家面前不要說到「死」字。

89.（　）根據本文，下列詞語的解釋何者爲非？（越人遇狗（宋末元初・鄧牧）p.163）

(A)幾何：幾何學的簡稱。
(B)粱肉：精美的膳食。
(C)下首：低頭。
(D)人言：像人一樣講話。

90.（　）越人該怎樣才能識破狗的僞裝？可複選。（越人遇狗（宋末元初・鄧牧）p.163）

(A)不貪心，不與狗爭食。
(B)觀察到狗失信於人，就不再輕信。
(C)懷疑狗會說話的超自然現象。
(D)瞭解狗貪食肉的本性，加以判斷。

91.（　）下列字音或字義，何者有誤？（金鎞刺肉（元・陶宗儀）p.167）

(A)咥：音ㄉㄧㄝˊ。
(B)損命：殺人償命。
(C)婢：音ㄅㄧˋ。
(D)對飯：一起用餐。

92.（　）婢女含冤而死的外緣因素是什麼？（金鎞刺肉（元・陶宗儀）p.167）

(A)女主人昏庸跋扈。
(B)木八剌有權勢卻見死不救。
(C)婢女是女性奴隸，生命不受重視。
(D)婢女沒有不在場證明。

93.（　）請問以下的詞彙，何者不能用來形容猶豫不決的樣子？（野貓（元・宋濂）p.171）

(A)躊躇。

(B)與與。

(C)躑躅。

(D)倉皇。

94.（　）作者藉著貓捉老鼠的故事，寄託了什麼政治觀點？（野貓（元・宋濂）p.171）

(A)諷刺朝廷中的鼠輩橫行霸道。

(B)批評養尊處優的軍人怠惰的惡習。

(C)暗指自己有志難伸，不受君王的重用。

(D)反省自己學如逆水行舟，不進則退。

95.（　）下面的詞語，何者沒有使用「轉品」修辭？（晉人好利（元・宋濂）p.175）

(A)此吾可「器」也。

(B)春風又「綠」江南岸。

(C)羞顏未嘗「開」。

(D)連老子都不「老子」了。

96.（　）下列哪種人的行爲才是可取的？（晉人好利（元・宋濂）p.175）

(A)將侵入家中強盜搶劫的人殺死。

(B)賣東西時要付錢，天經地義。

(C)光明正大的拿別人的財物，不使陰謀詭計。

(D)只要面對別人的指摘嘲笑，皆正面反擊。

97.（　）下列詞語解釋，何者有誤？（焚鼠毀廬（元・宋濂）p.179）

(A)倀倀：茫然不知所措的樣子。
(B)累累然：疲累的樣子。
(C)結廬：建造茅草屋。
(D)積憾：累積怨恨。

98.（　）文中運用的象徵意義，何者有誤？（焚鼠毀廬（元・宋濂）p.179）

(A)酒，象徵主角怠惰。
(B)越西的男子，象徵勞工、被壓迫的人。
(C)老鼠，象徵雇主、統治者。
(D)火，象徵民怨、怒氣。

99.（　）下列引號中的詞語，何者不做「動詞」使用？（變易是非（元・宋濂）p.183）

(A)「淬」以奇藥。
(B)饗賓而「玩」之。
(C)辨「數」不已。
(D)象而「鑄」之。

100.（　）關於本文，請問下列敘述何者爲眞？（變易是非（元・宋濂）p.183）

(A)民不與官鬥，申圖敦應避免與權貴辯駁。
(B)位高權重的人，說話才有份量、能相信。
(C)模仿得不到家，只能算是四不像。
(D)權勢引導了是非價值，一般人容易因此是非不分。

101.（　　）下列詞語，哪一個與其他項目的意義不同？（蟾蜍與蚵蚾（明‧劉基）p.188）

(A)嗤笑。

(B)訕笑。

(C)哈哈。

(D)譏諷。

102.（　　）蟾蜍原本想要蚵蚾與牠同住，後來為何不願意了？（蟾蜍與蚵蚾（明‧劉基）p.188）

(A)自大的蟾蜍被蚵蚾拒絕，覺得沒面子。

(B)因為黿鼉從中搬弄是非。

(C)蟾蜍發現蚵蚾靠吃糞維生，認為牠不配住在月宮。

(D)蚵蚾瞧不起蟾蜍，使蟾蜍感到受傷。

103.（　　）下列引號中的讀音何者有誤？（獮猴造反（元‧劉基）p.192）

(A)破柵毀「柙」：ㄒㄧㄚˊ。

(B)則加鞭「箠」焉：ㄔㄨㄟˊ。

(C)眾狙皆「寤」：ㄨˋ。

(D)山之果，公所樹「與」：ㄩˇ。

104.（　　）根據故事寓意，為什麼是由小猴來點悟眾狙呢？可複選。（獮猴造反（元‧劉基）p.192）

(A)作者將改革的希望寄託於年輕一代。

(B)孩童的赤子之心往往能道出真相。

(C)年輕的小猴較為叛逆，願意反抗。

(D)老猴年老力衰，已經無能為力了。

105.（　）古代馬車結構繁複，以下何者不是其中的一個部分？（越車（明・方孝孺）p.196）
(A)轅。
(B)軾。
(C)轍。
(D)軒。

106.（　）「越車」說的是趕流行的現象，以下敘述何者行爲不是趕流行？（越車（明・方孝孺）p.196）
(A)電影中的黃金獵犬很可愛，人們紛紛飼養黃金獵犬。
(B)明星鬧出了緋聞，人們紛紛在臉書上轉貼分享。
(C)一家賣蛋塔的店在網路爆紅，大街小巷紛紛開起蛋塔店。
(D)不用A牌的手機就落伍了，許多人徹夜排隊購買。

107.（　）下列的句子中，何者沒有使用「倒裝句」？（越巫（明・方孝孺）p.200）
(A)鬼莫敢我抗。
(B)良民懼然身修者。
(C)更以小爲大。
(D)事親盡色養之孝。

108.（　）作者刻畫越巫的心理描寫，以下何者層次最爲符合？（越巫（明・方孝孺）p.200）
(A)驚嚇—惶恐—抵抗—自誇。
(B)自誇—惶恐—抵抗—驚嚇。
(C)自誇—抵抗—惶恐—驚嚇。
(D)惶恐—驚嚇—抵抗—自誇。

109.（　）我們可以用以下哪個詞語，稱讚別人捨身救世，不辭勞苦？（中山狼傳（明・馬中錫）p.205）

(A)禽獸負恩。
(B)脫穎而出。
(C)摩頂放踵。
(D)苟延殘喘。

110.（　）根據故事的寓意，以下對人物的敘述何者爲非？（中山狼傳（明・馬中錫）p.205）

(A)東郭先生想救狼並與其和平共處，想法迂腐。
(B)趙簡子務必要追殺狼，是看穿狼的危險。
(C)狼要吃掉東郭先生，是希望他貫徹救人的諾言。
(D)老人將狼誆騙入袋子後殺掉，機警而有智慧。

111.（　）下面的詞句，何者可形容與「酷吏」相反的「循吏」？（醫駝（明・江盈科）p.213）

(A)食祿者而與下民爭利。
(B)但管錢糧完，不管百姓死。
(C)過聽殺人，敷其罪下吏。
(D)無所變更，百官自正。

112.（　）「醫駝」的故事是用來影射什麼社會現象？（醫駝（明・江盈科）p.213）

(A)官吏橫征暴斂，不管對民生造成的影響。
(B)政府應該徹查無照的庸醫，以安民心。
(C)被庸醫誤診而死的病患，其家屬頓失依靠。
(D)越是誇耀醫術的醫師，越沒有眞本事。

113.（　）下列詞語，何者不代表心境的超越與灑脫？（黑齒白牙（清・石成金）p.216）

(A)行到水窮處，坐看雲起時。

(B)見山是山，見水是水。

(C)苟有可觀，皆有可樂。

(D)也無風雨也無晴。

114.（　）「黑齒白牙」故事點出某些行爲不可取，以下何者有誤？（黑齒白牙（清・石成金）p.216）

(A)有點長處就逢人賣弄。

(B)有些短處就拚命掩飾。

(C)客人隨意捉弄他人。

(D)娼妓職業逢迎虛假的本質。

115.（　）以下何者可以作爲儒家的中心思想？（顏回偷食（三國・王肅）p.220）

(A)市賈不貳，則國中無僞。

(B)親親而仁民，仁民而愛物。

(C)兼相愛，交相利。

(D)名實相符，論功行賞。

116.（　）據本文寓意，身爲學生的我們遇到與人發生矛盾時，該如何解決？（顏回偷食（三國・王肅）p.220）

(A)將對方的行爲以影片、照片上傳網路，訴諸輿論。

(B)向媒體投訴、爆料，以求公評。

(C)直接質問對方，與其對質。

(D)請師長協助，針對問題進行調查、處理。

117.（　）假設你的好友開了一間新診所，你送他的匾額上不會有以下哪個題辭？（魏王問扁鵲（戰國・鶡冠子）p.225）

(A)扁鵲復生。

(B)華佗再世。

(C)術有專精。

(D)功著杏林。

118.（　）龐煖舉扁鵲的故事爲例，是在向卓襄王說明什麼道理？（魏王問扁鵲（戰國・鶡冠子）p.225）

(A)建議卓襄王治國之道在於嚴刑峻法。

(B)說明扁鵲才是最好的良醫。

(C)期勉卓襄王能如良醫一般治國。

(D)讓卓襄王能反省自我。

119.（　）下列詞語何者沒有強調「相生相助」的重要性？（火石與火鐮（清・吳沃堯）p.230）

(A)唇亡齒寒。

(B)輔車相依。

(C)隔岸觀火。

(D)巢毀卵破。

120.（　）以下哪一種想法，與本故事所諷刺的有關？（火石與火鐮（清・吳沃堯）p.230）

(A)成功不必在我。

(B)他是在我的幫助下，才有今天的成就。

(C)我不入地獄，誰入地獄。

(D)時勢造英雄。

答案

1. C	11. C	21. A	31. C	41. B	51. A	61. C	71. A	81. A	91. B	101. C	111. D
2. BD	12. AD	22. C	32. B	42. C	52. B	62. B	72. C	82. D	92. C	102. C	112. A
3. C	13. A	23. BC	33. A	43. A	53. D	63. B	73. C	83. C	93. D	103. D	113. B
4. B	14. D	24. AC	34. B	44. D	54. C	64. A	74. A	84. B	94. B	104. AB	114. C
5. AB	15. D	25. D	35. C	45. B	55. B	65. C	75. AC	85. D	95. C	105. C	115. B
6. C	16. B	26. B	36. D	46. A	56. CD	66. B	76. B	86. C	96. B	106. B	116. D
7. B	17. D	27. B	37. D	47. D	57. C	67. D	77. D	87. C	97. B	107. D	117. C
8. A	18. C	28. C	38. A	48. BC	58. A	68. C	78. B	88. A	98. A	108. C	118. C
9. D	19. D	29. A	39. C	49. C	59. A	69. A	79. B	89. A	99. C	109. C	119. C
10. B	20. BC	30. D	40. B	50. D	60. C	70. D	80. C	90. BD	100. D	110. C	120. B

國家圖書館出版品預行編目資料

文言文閱讀素養：從寓言故事開始(古今對照版)／高詩佳著. -- 三版. -- 臺北市：五南圖書出版股份有限公司, 2025.01
面；　公分
ISBN 978-626-393-971-4(平裝)

1.國文科　2.讀本

836　　113018131

1X5R

文言文閱讀素養

從寓言故事開始（古今對照版）

作　　者 — 高詩佳（193.2）
編輯主編 — 黃惠娟
責任編輯 — 魯曉玟
版式設計 — 呂靜宜
封面設計 — 黃聖文、姚孝慈
出 版 者 — 五南圖書出版股份有限公司
發 行 人 — 楊榮川
總 經 理 — 楊士清
總 編 輯 — 楊秀麗
地　　址：106台北市大安區和平東路二段339號4樓
電　　話：(02)2705-5066　　傳　　真：(02)2706-6100
網　　址：https://www.wunan.com.tw
電子郵件：wunan@wunan.com.tw
劃撥帳號：01068953
戶　　名：五南圖書出版股份有限公司
法律顧問　林勝安律師
出版日期　2015年1月初版一刷（共二十二刷）
　　　　　2023年7月二版一刷（共三刷）
　　　　　2025年1月三版一刷
定　　價　新臺幣410元